名物与盛世

东京梦华

——跟随名物看大宋

赵雅杰 著

人民美術出版社
北京

图书在版编目（CIP）数据

东京梦华：跟随名物看大宋 / 赵雅杰著. -- 北京：人民美术出版社, 2025. 7. -- (名物与盛世). -- ISBN 978-7-102-09685-8

Ⅰ. K871.442

中国国家版本馆CIP数据核字第2025EX8401号

名物与盛世

MINGWU YU SHENGSHI

东京梦华——跟随名物看大宋

DONGJING MENGHUA——GENSUI MINGWU KAN DASONG

编辑出版 人民美术出版社

（北京市朝阳区东三环南路甲3号 邮编：100022）

http://www.renmei.com.cn

发行部：（010）67517791

网购部：（010）67517604

著　　者 赵雅杰

责任编辑 秦　佳　沙海龙

装帧设计 翟英东

责任校对 姜栋栋

责任印制 胡雨竹

制　　版 人民美术出版社印制设计部

印　　刷 雅迪云印（天津）科技有限公司

经　　销 全国新华书店

开　本：710mm×1000mm　1/16

印　张：13.5

字　数：150千

版　次：2025年7月　第1版

印　次：2025年7月　第1次印刷

ISBN 978-7-102-09685-8

定　价：59.80元

如有印装质量问题影响阅读，请与我社联系调换。（010）67517850

目 录

第一章

山水卧游

山水画在中国是人文精神的重要载体，其发展经历了不同的阶段。

早在春秋战国时期，青铜器内壁上便錾刻有山水树石之状。汉代的墓室壁画、画像石、画像砖上亦刻画有山林宴乐、攻战、渔猎之活动，但以上皆作为人物活动的背景而存在。直至魏晋时期，山水才开始作为独立的审美对象被描摹，山水画真正萌始，此阶段既有“人大于山，水不容泛……列植之状，若伸臂布指”的创作形态，又有“山水以形媚道”“唯当澄怀观道，卧以游之”的精神体验。发展至隋代，山水画更加注重画面空间的处理，“竖划三寸，当千仞之高；横墨数尺，体百里之迥”。至唐代，出现了“青绿山水”与“水墨山水”的分野。五代时割据政权四布，地理环境各异，山水画呈现多元发展，以“荆关”为代表的北方山水画派与以“董巨”为代表的南方山水画派标志着山水画正一步步走向成熟。直至北宋初，山水画终于成为独立的画科。

北宋初期，出现了李成、范宽、关仝“三家鼎峙，百代标程”的局面。山水画家在面对自然山水时，“远望取其势，近看取其质”，包罗万象的山水空间集壮丽与静寂于一体，或巍峨雄壮或连绵起伏的山峰与如练的飞泉间的森然古刹掩映于密林中，作为点景出现的豆马寸人或行旅于古道中（如范宽《溪山行旅图》），或泛舟于江渚之上（如许道宁《秋江渔艇图》）。山水画至此真正实现了可行、可望、可游、可居。

至北宋中期郭熙的出现，宋代的山水画跃进至新的阶段——将高堂素壁放手作长松巨木的熟练技巧与四时朝暮、风雨明晦的细腻表现置于幽情美趣的意境中，并赋予其道家养生之理念、儒家君臣之纲常（如郭熙《早春图》）。

北宋初、中期的山水画常以巨幅尺寸表现，因其大都在当时依托屏风而存在，作为室内重要的装饰家具，观者赏之，若在画中游，物我两相忘。

北宋末年，精致富丽的青绿山水带着些许复古的味道因契合徽宗好道而再度风靡一时，只因五代、北宋以来水墨山水大行其道，出现了“水墨为骨，青绿覆之”的融合手法（如王希孟《千里江山图》）。与花鸟画密切结合、富有诗情的小景山水（如赵大年《湖庄清夏图》）及平淡天真、充满文人意趣的米氏云山（如米友仁《潇湘奇观图》）亦在此时登上画坛，以“董巨”风格为代表的江南山水“挑战”北方山水在画坛长久不衰的“拉锯战”渐渐拉开了帷幕。

江南秀丽的湖光山色诱发了南宋山水画的又一变，笔精墨妙、抒情诗意的“边角山水”（如马远《梅石溪凫图》）与水墨简逸的“禅宗山水”（如梁楷《泽畔行吟图》）在表现自然山水真实形象时更积极地融入画家的真切感受，在山水章法的精练剪裁中突出动人的情感因素。

宋代山水画在300余年间，不断演进，出现了不同的山水画样式与具体皴法，是为典范，成为后世山水画家们穷其一生追摹的对象。

实践出真知，画山水亦有法。宋代还出现了专门探讨山水画画理的郭熙《林泉高致》与韩拙《山水纯全集》等，清晰明了地道出中国山水画的观察方法与创作方法，可作为进入宋代山水画世界游行的重要指南。

接下来，就让我们一同卧游山水，聆听山水清音，体悟宋人的林泉之心……

大山堂堂：范宽《溪山行旅图》

约完成于公元1000年的《溪山行旅图》（图1.1）集中体现了北宋初期山水画的雄伟风格[1]，该作亦是北宋山水画巨匠范宽的传世杰作。

范宽，字中立，华原（今陕西铜川耀州区）人，生活于北宋早期，生卒年未详，宋仁宗天圣年间（1023—1032）尚在。画史记载其因性格温厚大度，时人送其外号范宽，但当时以外号行世者尚无他例。范宽画山水初学李成，但是他不囿于前人藩篱，前往终南山、太华山一带卜居，“对景造意，不取繁饰，写山真骨，自成一家”，创造出了与前人都不同的北方山水画样式。

《溪山行旅图》中，主峰占据画面的三分之二，顶天立地，逼近眼前，使观者有“远望不离坐外，如面前真列峰峦”之感；山间飞瀑如练，山顶作密林；山下岗丘上杂树丛生，树巅露出楼阁，山脚水流叠下，水边作劲硬突兀大石。山路上一队驮马正在经过，最后一位行路人身后不远处的叶子交映间，“范宽”二字隐现其中（图1.2）。这当然不是作者的把戏，而是在宋代，尤其是在北宋，画家们为了不破坏整体画面，而选择“藏款”，他们通常将名号藏于树干或石块等不显眼的地方。前景与远景之间巧妙地用烟岚虚化，

[1] 方闻著，李维琨译：《心印：中国书画风格与结构分析研究》，上海书画出版社，2016年，第71页。

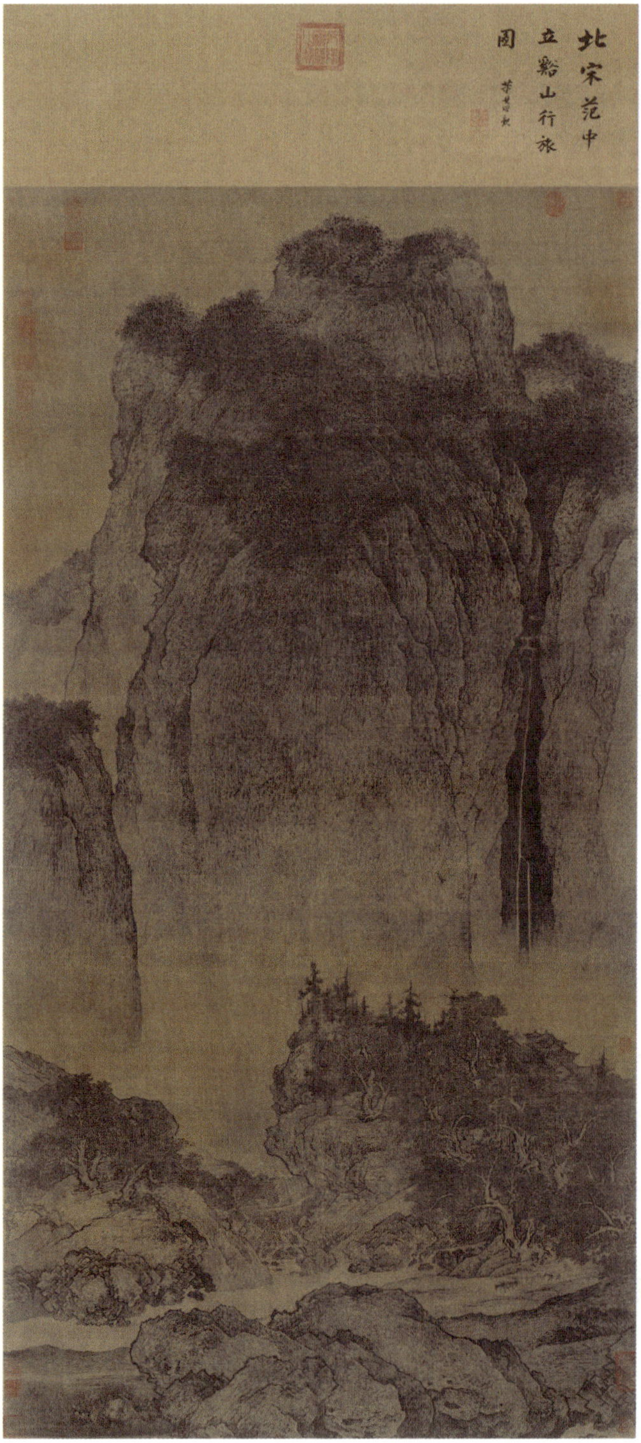

图 1.2 《溪山行旅图》范宽藏款处

图 1.1 范宽《溪山行旅图》
年代：北宋
材质：绢本水墨
尺寸：纵 206.3 厘米，横 103.3 厘米
藏地：台北故宫博物院

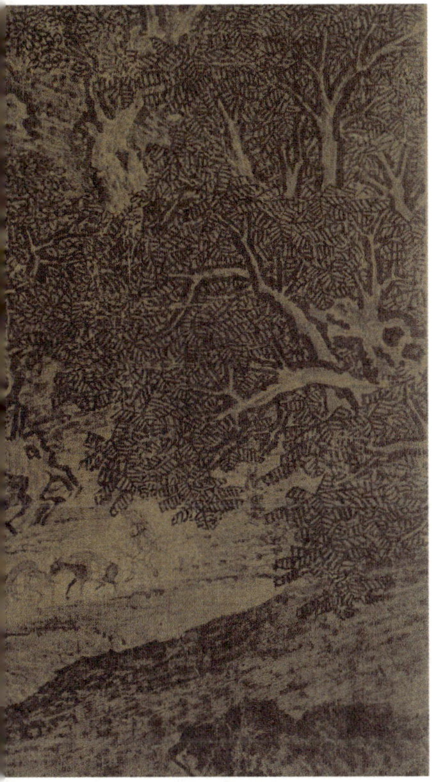

图 1.3 范宽《雪景寒林图》

一方面显示出山间缥缈之境，另外一方面又轻松解决了衔接前景与主峰的难题。

北宋郭若虚在《图画见闻志》中记载范宽之作“峰峦浑厚，势状雄强，抢笔俱均，人屋皆质”。透过《溪山行旅图》，我们发现范宽在塑造山石时，先以劲健的粗细交错的线勾勒出山石坚硬的外轮廓，再蘸以浓墨、焦墨组成排列有序的皴点，前景突兀大石用的皴法是短直线条，主峰则是近似豆瓣形的长圆点，被称作“豆瓣皴”或“雨点皴”，笔逆锋斜上，笔触排列均匀（即“抢笔俱均”），来表现山石表面的肌理质感，山形也生动地把握住了终南山地区的地理特征。

虽然范宽此作主题简单，但是《溪山行旅图》被其塑造得具有一种独特的纪念碑式的崇高感，同时也反映出北宋人“察物明理”的新儒学宗旨。

范宽还擅画雪景，北宋宣和内府藏有诸多画作，所绘景致与特点可从其所绘《雪景寒林图》（图 1.3，天津博物馆藏）遥想。

寒林古刹：（传）李成《晴峦萧寺图》

李成（919—967），字咸熙，系李唐宗室。唐末五代之际，其祖父李鼎避乱迁至山东营丘，后人因此称李成为“李营丘”。李成生于后梁末帝贞明五年（919），死于宋太祖乾德五年（967），他一生主要是在五代度过的。李成原本“以儒道自业”“博涉经史”，但在当时政局动荡不安的形势下，找不到好的出路，便选择了以诗酒自娱，寓兴于画。北宋初，李成移家淮阳，依附于知州卫融，后醉死客舍中，令人嗟叹。

李成的山水画在北宋就被誉为“古今第一”，宋人将李成与范宽、关仝并称“三家鼎峙，百代标程”，此三人是北方山水画派的代表人物。燕文贵、许道宁、郭熙、王诜等北宋著名画家都沿用李成画法而稍作变通。李成的“卷云皴”“蟹爪枝”更是被郭熙拓宽推进，后人将二人合称“李郭”，元代唐棣、曹知白、朱德润等画家承其衣钵，被称为“李郭派”。“李郭派”与承五代画家董源、巨然画法的“董巨派”成为元代山水画的两大主流派别，影响至今。北宋画史记载李成之画“精通造化，笔尽意在。扫千里于咫尺，写万趣于指下。峰峦重叠，间露祠墅，此为最佳”（《宋朝名画评》）；“尤善画山水寒林，神化精灵，绝人远甚”（《图画见闻志》）；“所画山林、薮泽、平远、险易、萦带、曲折、飞流、危栈、断桥、绝涧、水石、风雨、晦明、烟云、雪雾之状，一皆吐其胸中而写之笔下”（《宣和画谱》）。《晴峦萧寺图》（图 1.4）前景、中景以“蟹爪枝”作寒林，传递出萧疏淡

图 1.4　（传）李成《晴峦萧寺图》
年代：北宋
材质：绢本浅设色
尺寸：纵 111.8 厘米，横 58 厘米
藏地：美国纳尔逊－阿特金斯艺术博物馆

图 1.5　（传）李成《晴峦萧寺图》局部

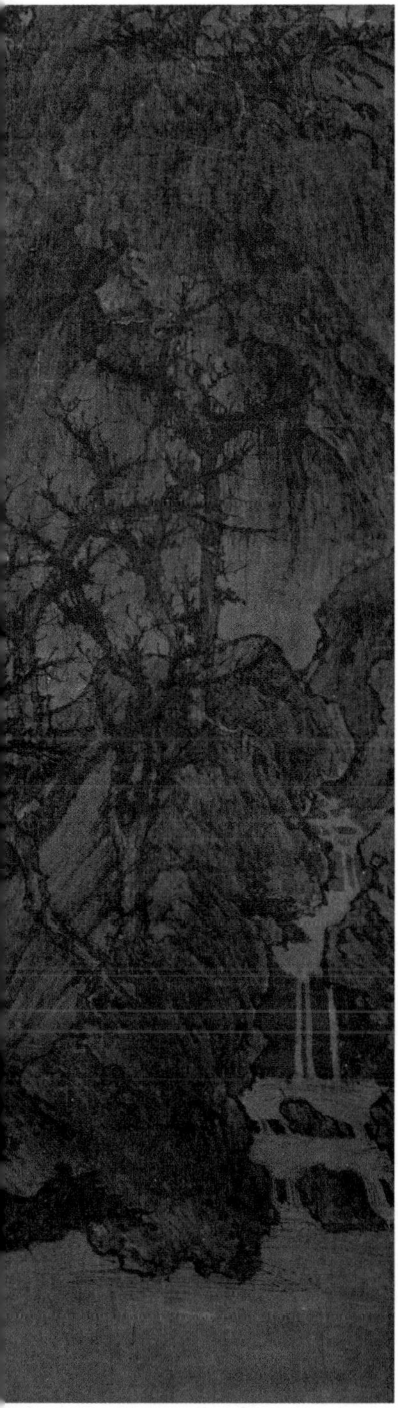

泊之意，山路上的旅人以及酒肆内外饮酒闲聊的百姓则消解了环境的萧索。中景一处岩石向左倾斜，呈险怪之象，其后依衬的八角佛塔描摹细致，雍容庄严，烘托出一派闲和严静的氛围，与前方的危岩形成视觉与心理上的张力与平衡。远景群山高耸，威严宏壮，飞瀑湍流急下，动静结合。

沈括《梦溪笔谈》说："李成画山上亭馆及楼塔之类，皆仰画飞檐，其说以为自下望上，如人平地望屋，檐间见其榱桷［cuī jué］。"《晴峦萧寺图》所绘佛塔屋檐、塔顶、栏杆等无不具足，这反映出中国古代绘画"散点透视"的特点，画家的视角不断移动，只在局部构成透视关系。观者既能看到塔之全貌，又可见屋檐下的椽子。

《晴峦萧寺图》的确与文献描述李成画风的特点一一契合，但是目前学界认为它是一件精彩的北宋巨作，作者却非李成。因为画中山石的画法不再按照 11 世纪初画家的严格步骤——先画轮廓，再加皴点，最后用水墨衬染，而是掺和了疏松、间断的轮廓线与水墨晕染，形象则是在竖直的画面上连续地堆积起来的。这种笔墨显示出作者受到李成卷云皴与我们前篇所述范宽雨点皴的混合影响，应该是李成传派在范宽之后、郭熙（更为成熟完美的李成样式）尚未出现以前画的。结合画幅右上钤北宋后期朱文方印"尚书省印"推断，此作的创作年代大约在 1050 年。

李成的孙子李宥在仁宗年间（1023—1063）为开封府尹，高价收购其祖父的画作，因此早在北宋时，市面上流传的李成画作就已经充斥着大量伪本，去其一个世纪左右的米芾（1052—1108）便发出了"无李论"的感叹，说"李成真见两本，伪见三百本"。

春山早见气如蒸：郭熙《早春图》

南宋邓椿《画继》卷十《杂说·论近》记载了一个小故事："……见背工以旧绢山水揩拭几案，取观，乃郭熙笔也。"这个故事是说北宋画家郭熙深受宋神宗喜爱，神宗殿堂壁画、屏风上的屏心都是以郭熙的画作来装点，但是到了宋哲宗时，因他不喜欢郭熙之作，郭熙画作只能存于仓库，最后竟被用作抹布擦拭桌案。前后对比差之大矣！那么，这位郭熙究竟是谁，他的画作为何能在神宗朝光环熠熠？

郭熙，字淳夫，河南温县人。宋神宗熙宁元年（1068）奉诏进入画院，初为"艺学"，后升为"翰林待诏直长"。郭熙擅长画山水、寒林，稍取李成之法，后在经营位置上钻研妙处，多有所得。郭熙创作最活跃的时间大约在宋神宗的熙宁至宋哲宗的元祐年间（1068—1093），以山水画知名于世。[1] 神宗好熙笔，当时在宫中收藏了许多郭熙的作品，尚书省、中书门下省、学士院诸厅照壁也都是郭熙所画。不仅宋神宗喜爱其画作，士大夫如苏轼、黄庭坚、司马光等也常为其作诗文赞美。苏轼曾为郭熙所画《秋山平远图》赋诗，记录画面情境，"玉堂昼掩春日闲，中有郭熙画春山。鸣鸠乳燕初睡起，白波青嶂非人间。离离短幅开平远，漠漠疏林寄秋晚。恰似江南送客时，中流回头望云巘"。郭熙强调要对真山、

[1] 杨仁恺编：《中国书画》，上海古籍出版社，2001 年，第 165 页。

图 1.6 郭熙《早春图》
年代：北宋
材质：绢本水墨
尺寸：纵 158.3 厘米，横 108.1 厘米
藏地：台北故宫博物院

图 1.7　郭熙《树色平远图》局部

真水进行深入的观察体验，要“身即山川而取之”，注意不同角度、季节、气候等条件所形成的变化。他在《早春图》（图 1.6）中敏锐地捕捉到寒冬将尽，山川万物在春风的吹拂下悄悄苏醒、即将转向勃发时的细致景象：山岚间雾气浮动，阳光和煦，行旅待渡，一派欣欣向荣的景象。有学者根据郭熙活动于王安石变法时期，推测此图也正是北宋气象振作一新的写照。

《早春图》其实是由两张绢拼接在一起完成的，其原始功能应是殿堂中屏风的屏心。画面中轴线上的山峦呈“S”型分布，渲染出勃勃生机之象。石形以卷云皴塑造，肿胀圆润，表现的正是豫西北地区土质松软的特质。树多虬枝，形似蟹爪，正在孕育嫩叶。山涧冰雪消融，泉水依山势而下，汇入河中，河中水涨船高，行旅往来者渐多。

对于格物致知的北宋画家，描摹物象对于他们绝非难事，但是能表现出空气感、阳光感，恐怕郭熙是首位，这得益于其对用墨的把控和灵活运用。他通过微妙的用墨法表

现出色的明暗关系，从透明的淡墨到浓厚的焦墨，层层复加、交融。正是墨色分明营造出的烟云弥漫，使得万物仿佛笼罩在晨曦山间雾露之中，清润、和煦，散发活力。

目前所见郭熙的作品除了作为屏风装堂饰壁的大立轴《早春图》、《幽谷图》（上海博物馆藏，是屏风画残留的半幅）之外，还有诸如《树色平远图》（图 1.7，美国大都会艺术博物馆藏）这样的手卷。相比于屏风画，手卷私密性更强，常常是观者独自或邀三五好友小范围欣赏。

郭熙不仅画艺精妙，还是一位富有独特思想的山水画理论家。由他的儿子郭思记录整理的《林泉高致集》，总结了郭熙关于山水画构思、创作的规律和方法，提出了“三远法”（山有三远：自山下而仰山颠，谓之高远；自山前而窥山后，谓之深远；自近山而望远山，谓之平远）等理论。书中也渗透出儒家的君臣伦理观念及道家思想，为后世山水画的创作提供了理论指导，同时也标志着山水画理论已经进入了成熟阶段。

丰亨豫大：王希孟《千里江山图》

无论是画卷的长度，还是画面的壮丽程度，《千里江山图》（图 1.8 至 1.9）都当之无愧为传世宋代山水画卷之翘楚。

《千里江山图》是一件全景式构图的大青绿山水画作，以水墨山水为骨，使用矿物质颜料青金石、石绿来敷染山头、山体，用赭石与墨来皴染山脚和阴面。矿物质本身的稳定性使得此画即便已历近千年，色泽依旧光彩照人。

《千里江山图》与我们在前边欣赏的几件水墨山水在构图、视觉审美、使用功能上有很大不同，比如《溪山行旅图》或《早春图》这样的巨幅立轴画，它们最初被制作出来时，通常是作为屏风上的屏心。屏风作为古代室内陈设最重要的家具之一，使用率非常高，其既可以分隔空间，又可以防风挡寒，因此，作为屏心上的内容要颇具审美性，观者可以一目了然地欣赏到画面中的全貌。而《千里江山图》这样的长卷，通常是被卷起来放置书箧之中保存的，待到观赏时，藏家独自或与三五好友一起从画卷最右方至最左方缓缓打开，每次打开约一个肩膀的宽度，随着画卷的展开，不同的山水景致映入眼帘，目移景异，人宛若真在山水之间行走，这是立轴、册页等其他绘画形制所不具备的特色与优势。

全卷细致入微地描绘了大宋的锦绣山河：峰峦绵延起伏，江河烟波浩渺，山间高崖飞瀑；长松修竹，水榭阁台、茅屋草舍、水磨长桥各依地势、环境而设，与山川湖泊相辉映；

图 1.8 王希孟《千里江山图》局部

图 1.9 王希孟《千里江山图》
年代：北宋
材质：绢本设色
尺寸：纵 51.5 厘米，横 1191.5 厘米
藏地：故宫博物院

江山千里望
無垠元氣淋
漓運以神北
宋院誠鮮二
李三唐法總
弗多皴可驚
當世王和趙
已泯一堂君
與臣曷不自
思作人者爾
時調鼎作何
人
丙午新正月
御題

图 1.10　（传）赵佶《雪江归棹图》局部

图 1.11　王希孟《千里江山图》中的长桥

点景人物活动其间，或舟上捕鱼，或山间行旅，或院中洒扫，使画面充满了温润的烟火气。画家熟谙“高远、平远、深远”的布局法则，在全卷中交替使用，我们目随画动，在峰峦叠嶂、江河湖泊中徜徉，时而立足山巅，时而行走于山阴处，又时而缘溪而行，一会儿又乘木筏漂流，一会儿路遇伐木之人，仿佛置身于山水之间。

传宋徽宗（实则是宣和画院画家代笔）绘的《雪江归棹图》（图 1.10，故宫博物院藏）亦是在长卷上表现的全景式山水。两者虽在尺寸上有显著差异，但是在整体构图与山势排布上如出一辙，皆是画面起首远山平缓，进入中段以后，山势渐渐高耸，至整卷三分之二处达至高潮，山势转而趋于平缓；两者皆给人高低错落的节奏感，观者仿佛

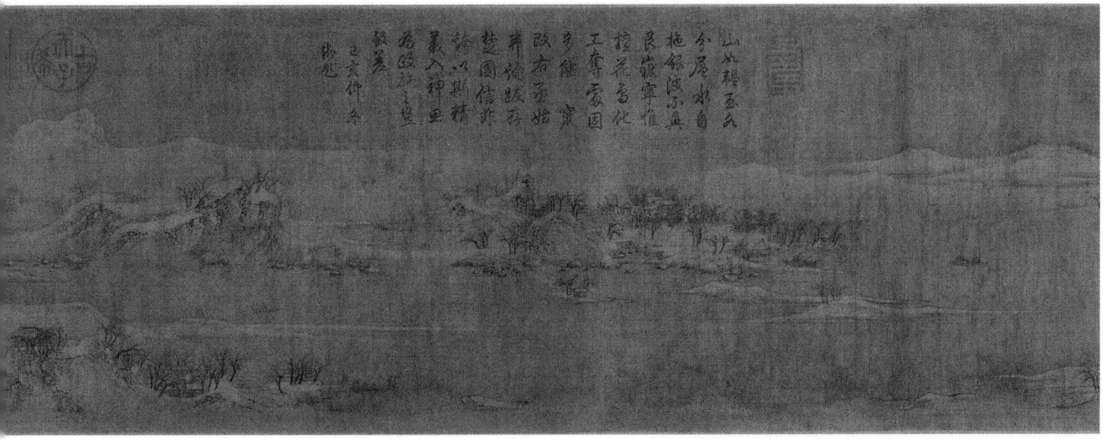

坐于热气球中，既可俯瞰时时变换的景色，又可亲临其间，在山间行走、游玩、卜居。我们从中可见文艺皇帝宋徽宗对画院画家创作的直接引导。这两幅长卷皆是其追求“丰亨豫大”[1]审美观的直接体现。

对于《千里江山图》的作者，如今大家约定俗成地认为是北宋末年画院画家王希孟，但其实此卷最早的题跋，即后“隔水”蔡京政和三年（1113）所书只是提到画者为希孟，并未明说其姓氏。归于王希孟名下，最初来源于清初鉴藏家宋荦在《论画绝句》中所述。因此，有学者据此对《千里江山图》作者及创作年代提出不同观点，如曹星原质疑此画由清代收藏家梁清标拼接而成，王希孟的传奇故事亦由其杜撰。[2]

对于这幅长卷的内容与主旨，学者们更是众说纷纭。建筑学者傅熹年从建筑角度考订此画，认为此画呈现的是江南水乡之景，反映了当时大量存在的城乡建筑。[3]

画卷局部所示这种巨大规模的长桥（图 1.11）在宋代文献中屡见记载，其中最著名的是苏州南面的吴江利往桥。利往桥有亭曰“垂虹”，苏舜钦（1008—1049）称其“长桥横跨空古未有，大亭压浪势亦豪”。利往桥、垂虹亭的形象与图中长桥的景象近似。北宋以来，建造了相当多的长桥（图 1.12），构造有木有石，长度都在百丈以上，这样长度的桥在北宋以前不见记载，应是宋代工程技术上的新成就。这些桥多在长江以

[1] 有关“丰亨豫大”的说法参见余辉的研究，《细究王希孟及其〈千里江山图〉》，《故宫博物院院刊》2017 年第 5 期，第 5—34 页。
[2] 曹星原：《王之希孟：〈千里江山图〉的国宝之路》，《收藏》2017 年第 12 期，第 12 页。
[3] 傅熹年：《王希孟〈千里江山图〉中的北宋建筑》，《故宫博物院院刊》1979 年第 1 期，第 50—61 页。

图 1.12　泉州洛阳桥（笔者提供，2025 年 1 月 28 日摄）

图 1.13　左为庐山三叠瀑，右为《千里江山图》局部

图 1.14 《千里江山图》中的坛状物

南，反映了中唐以后南方经济进一步发展、全国经济中心南移、南北交通运输频繁的情况。岁月沧桑，木桥大都被毁坏或改建为石桥，其形制已不可知，《千里江山图》为我们提供了宋代木构长桥的形象资料，难能可贵。书画鉴定学者余辉则认为此图是一幅写实山水画，融合了福建沿海、庐山、鄱阳湖、江苏及开封一带的景致，反映了王希孟足迹所到达的范围。[4] 譬如，在《千里江山图》中我们看到的三叠瀑与庐山著名景点不谋而合（图 1.13）。除此之外，有学者认为此画反映的是道教修仙的内容，与徽宗的道教信仰相契。因为他们在山顶平台上发现了一座三级坛状物（图 1.14）的深色建筑，陶金、谈晟广将之解释为道教的法坛[5]。这个细节成为学者们判断《千里江山图》含有道教意义的重要证据。还有学者认为此卷是道观殿堂内壁画的粉本，只是为日后壁画创作提供样稿。

虽不至于一千个人有一千种对《千里江山图》的解读，但众说纷纭的现实也的确透出观者对此画的热爱与好奇。随着时间推移，《千里江山图》的色泽日趋晦暗，故在不同时间段被适时装裱。关于它的研究仍在继续，历史之外的我们在回看历史、琢磨历史，同时也在塑造新的学术史，像极了它自身的轨迹……

[4] 余辉：《〈千里江山图〉中的实景与诗意》，《紫禁城》2017 年第 11 期，第 116—133 页。
[5] 陶金：《洞天福地与道教艺术》，“澎湃新闻”网络版 2017 年 11 月 13 日。谈晟广：《图像即历史：宋代青绿山水画中的道教景观之〈千里江山图〉》，《画刊》2020 年第 7 期，第 78—84 页。

王孙蕴奇意，纨素澹云烟：赵令穰《湖庄清夏图》

宋宗室长于翰墨者，不乏其人，其中有两组知名的亲兄弟组合——擅画小景山水的赵令穰［ráng］与赵令松、擅画青绿山水的赵伯驹与赵伯骕。其中，赵令穰画作清润有奇趣，“一时贤士大夫喜与之游，皆求其笔”。我们此篇就通过《湖庄清夏图》（图 1.15）来领略其画之妙。

赵令穰，字大年，宋太祖赵匡胤的五世孙，大约活动于神宗（1068—1085 年在位）末到哲宗（1086—1100 年在位）年间，卒于徽宗（1101—1125 年在位）初年。《湖庄清夏图》卷尾款识题“元符庚辰大年笔”，可知作于公元 1100 年。此年宋哲宗赵煦（1077—1100）病逝，宋朝的历史与文艺都将发生大的改变。图中绘环湖绿柳，圆荷茂盛，茅屋临岸而设，鸟儿或驻足枝头，或低空飞行，土地松软，烟岚蒙蒙。画家多用渲染，笔墨柔润，设色清丽，意境清幽恬静。赵令穰的取景完全不是崇山峻岭，而是特写平坡汀渚一角，这种绘画风格被称作“小景画”或“小景山水”。小景画肇始于北宋初期僧人惠崇，他工画鹅、雁、鹭鸶及寒汀远渚，世称“惠崇小景”。而北宋最有成就的小景画家则是赵令穰，《宣和画谱》记载内府收藏其作有 24 件——《溪山春色》《江汀集雁图》《秋塘群凫图》等，内容皆是“画陂湖林樾，烟云凫雁”。

出身贵族、生活优渥的赵令穰有足够的精力和条件“游心经史，戏弄翰墨，尤得意

图 1.15 赵令穰《湖庄清夏图》
年代：北宋
材质：绢本设色
尺寸：纵 19.1 厘米，横 161.3 厘米
藏地：美国波士顿美术博物馆

丹青之妙”，他收藏了众多魏晋以来的法书、名画，并从中汲取养分，运用至其艺术创作。但是，恰恰也是其贵族身份，对其艺术生命力有所限制。宋朝对宗室控制严格，他们活动范围有限，不出方圆五百里，以至于赵令穰每创作一幅画，周围的人就讥笑他“此必朝陵（北宋皇陵，在今巩义市）一番回矣”。

受足迹所囿，赵令穰只能以京（开封）、洛（洛阳）一带平原之景为创作题材，从

图 1.16　佚名《人物图》

常见之物中获取美，对其特写，这种融山水画与花鸟画为一体的特色却也成就了他独特的艺术风格。士大夫们喜欢与之交往，求其翰墨，这是因为赵氏绘画风格与士大夫所好的“平淡天真”相契合。宋佚名绘《人物图》（图 1.16，台北故宫博物院藏）反映了宋代士大夫生活的场景，作品中屏风的画面就是有江湖意的“汀渚水鸟”，想必千年之前赵令穰的丹青也时常出没于与其交好的士大夫手中之扇、书房屏风上。

墨戏山水：米友仁《潇湘奇观图》

元代吴海《闻过斋集》卷七记载：“前代画山水，至两米而其法大变，盖意过于形，苏子瞻所谓得其理者。”吴氏所说“两米”即宋代的米芾、米友仁父子，而“其法大变”就是指他们父子二人开创了与前人笔法不同的“米氏云山”，又称“米家山水”。

米友仁（1074　1153），字元晖，是米芾的长子，与其父有“大米”“小米”之称。米友仁官至工部侍郎、敷文阁直学士，后人又称之为“米敷文”。米友仁从小受其父的文艺熏陶，能书善画，19岁时绘《楚山清晓图》进呈徽宗，受到赏识；南渡后，又以书画受到高宗的优遇。宋高宗每搜访到书画作品，必命米友仁鉴定题跋。米友仁常常在自己画作上配以自题，自题多为“墨戏”，晚年多于纸上作画，这些都是文人诗、书、画一体的前奏。

米友仁在山水画创作上“风气肖乃翁”，“点滴烟云，草草而成，而不失天真”，被称作“米点山水”，这种绘法特别适合表现江南“春雨初霁，江上诸山云气涨漫，冈岭出没，林树隐见”的情景，不知是山藏云，还是云藏山。从《潇湘奇观图》（图1.17）中，我们可以看到“小米”不用勾勒、皴法来表现树、石、山峰，而是将笔横卧，以墨点来展示若明若晦、云遮雾绕的山水清韵，利用墨与水的互相渗透、交融形成别样的朦胧感。而这种以“点”来代替线条的表现手法，也标志着山水画创作“以简代密”的转变，这

图 1.17　米友仁《潇湘奇观图》
年代：南宋
材质：纸本墨色
尺寸：纵 19.8 厘米，横 289 厘米
藏地：故宫博物院

图 1.18　赵伯骕《万松金阙图》局部

在当时十分具有创新意义。“米家山水”不仅丰富了中国山水画的表现力，同时也契合士大夫不求形似、重意趣的理念，深受统治者及士大夫的喜爱。当时有人写诗嘲笑米友仁：“解作无根树，能描蒙鸿云。如今供御也，不肯与闲人。”（邓椿《画继》）听着虽然酸溜溜，但是也从侧面反映出时人对米友仁山水画作求购欲之强。

米友仁在高宗朝身居高位，因此他所创造的新技法在宫廷中很快产生了影响，比其稍晚的皇族子弟赵伯骕（1124—1182）在《万松金阙图》（图 1.18，故宫博物院藏）中就以“米点”之法蘸以汁绿，来凸显山上植被的茂盛。

北宋山水画自五代发展而来，有南、北之分。北宋前、中期的画坛上主要流行的是以李成、范宽、关仝为主的北方山水画派，而以董源、巨然为代表的江南山水画派一直处于劣势，几乎无人承继。直至沈括（1031—1095）与米芾分别在其著《梦溪笔谈》与《画史》中对其品评、接受、称赞，转机才开始出现，尤其是米芾与米友仁父子从创作实践上继承、发扬、改良董巨之法，使这一画派更得以发扬光大。由董巨开创而来的“米氏云山”经过南宋赵伯骕、元初画家高克恭的继承发展，对元明清文人画产生了巨大的影响，在文徵明、董其昌等画家的作品中都能见到昔日“米家山水”的痕迹。

米氏父子对中国古代绘画的贡献还不止于此。根据赵希鹄（1170—1242）《洞天清禄集》中记载，“横披始于米氏父子，非古制也”，也就是说在米芾、米友仁父子创作之前的古画大都为立轴的形制，而画心竖短横长的横披形制流行始于米家父子，这也成为之后文人画创作常采纳的形制，如元代赵孟頫创作的《鹊华秋色图》（台北故宫博物院藏）《水村图》（故宫博物院藏）等。书中还记录米氏父子作画“不专用笔，或以纸筋，或以蔗滓，或以莲房，皆可为画。纸不用胶矾，不肯于绢上作一笔。今所见米画或用绢者，皆后人伪作，米父子不如此”，这亦是米友仁自称“墨戏”的缘由之一。米氏不囿于以毛笔作画，咀嚼过的甘蔗渣滓、荷塘中采集的莲蓬等生活中随处可见之物都可拿来蘸墨书画，大大地开拓了创作的媒材；同时，喜用不涂胶矾的纸张来作画，以此打造“水晕墨章”的视觉效果，也给后来者如梁楷、牧溪、徐渭等创新型文人画家以丰沛的灵感。

列如远峰：石雕笔架

除笔、墨、纸、砚是士大夫书斋必备之物之外，用于搁置毛笔的“笔架”（也称“笔格”）亦时常出现于案头上，其可避免笔的滚落带来书面的污浊。宋人在笔架材质选择、造型设计上亦是奇巧百出、各具匠心，米芾自制的珊瑚笔架就是最好的证明（如图 3.6 中所绘）。宋人对笔架的讲究程度丝毫不逊于文房四宝，堪称书房乐趣之 ，其中造型最别致的要属山形笔架，人们称之为“笔架山”或“笔山”。

笔架山通常中央山峰最高，两侧山峰依次递减，它们错落有致。不同笔架造型的不同主要体现在峰峦数目的不同上，峰峦从几个到几十个不等，山坳处可用于搁笔，设计自然巧妙。笔山于材质选择上更是花样百出。南宋宗室子弟赵希鹄《洞天清禄集》以着墨古器物辨认著称，其中《笔格辨》一节就著录有“玉笔格、铜笔格、石笔格”。目前常见宋代笔山有黑石、灵璧石、水晶、铜、陶瓷等多种质地。材质的不同会带来色泽、肌理的不同，而色泽、肌理的不同便会导致峰峦起伏所呈现的环境与引发观者想象的不同。譬如，南宋石雕笔架（图 1.19），以错落起伏的 32 座山峦为型，微妙地构建出群山交错的意境，其石质黝黑细腻，仿佛山雨欲来风满楼前的远方诸峰。我们可以想象这样 种场景：笔架的主人在书斋中奋笔疾书后用此搁笔，恍惚间飘忽山间云雾中，达到物我两忘的境界。

图 1.19　石雕笔架
年代：南宋
材质：石
尺寸：长 26.8 厘米，宽 2.9 厘米，高 5.9 厘米
出土：浙江诸暨留云路庆元六年（1200）董康嗣墓
藏地：诸暨市博物馆

图 1.20　米友仁《潇湘奇观图》局部

笔架山以层峦叠嶂的山峰为设计原型，宋人亦有描绘“见山”以笔架比拟者，如宋代鲁应龙《闲窗括异志》提到“远峰列如笔架”，笔架山在宋代的流行程度可见一斑。其实，我们仔细观察前篇提及的米友仁的山水画作，如《潇湘奇观图》（图 1.20，故宫博物院藏），将其截取一段单独欣赏，便会发现画中逸笔草草的“米氏云山”与笔架山皆注重在水平面上分布峰峦，弱化纵深的层次。二者有异曲同工之妙。究竟是“米家山水”启迪了南宋时期笔山的设计，还是笔山的外观赐予了“二米”山水画造型的灵感，抑或只是一例“英雄所见略同”，不得而知……

无画处皆成妙境：马远《梅石溪凫图》

倘若有人问我：你知道南宋都城临安的初春是何模样吗？那么，我会毫不犹豫地告诉他，大抵就是马远所绘《梅石溪凫图》（图 1.21）那般景象。

祖籍河中（今山西永济）的马远出身绘画世家，祖上有“佛像马家”之誉，其曾祖、祖父、伯、兄均为画院待诏。“靖康之变”后，马远的祖父马兴祖随高宗赵构南渡。马远生于临安，长于临安，继承家学，自出新意，人物、山水、花鸟兼备，于光宗（1190—1194 年在位）、宁宗年间（1195—1224 年在位）任画院待诏。马远以山水画成就最高，构图多用边角形式，有“马一角”之称，与另外三位画院画家李唐、刘松年、夏圭在画史上合称为“南宋四家”。

《梅石溪凫图》虽是件尺幅小品，却集中反映出南宋画家绘画技法愈加精练纯熟、笔墨愈简、诗意愈浓的时代风貌，以及马远山水花鸟画构图巧妙、笔墨细腻、画风雅致的个人风格。

整幅画面呈对角线式构图。崖石、梅枝偏居画面左上，梅枝的走势更是强调了此种布局的形式感，从画面右下方悠游而来的十只姿态各异的野鸭，平衡了画面的繁简与动静。画家以墨线勾勒画面左侧的山石，又将笔锋横卧皴擦出近似刀劈斧凿般的效果，来表现山体峭拔方硬的石质肌理，这种技法被称作“斧劈皴”，是马远从李唐处继承改良而来的。不同于其他画家倾心于对花瓣形态的描绘，马远直接以粉色、白色点就笔下之花。他更

图 1.21　马远《梅石溪凫图》
年代：南宋
材质：绢本设色
尺寸：纵 26.7 厘米，横 28.6 厘米
藏地：故宫博物院

着力于对枝干走向的塑造，梅花以斜出、倒挂的姿态从崖壁间探出，瘦硬如铁，却也峭拔俊丽，明代文人雅称其为“拖枝马远”。

整幅画面峭峰直上，而不见其顶，折枝两干，却有繁花满树之感，就如同当代的我们将相机镜头不断拉近，选取了最美的一帧记录下来，这不得不说是马远景物裁剪与构图设计之妙。细观水面与中间看似留白处，我们会发现画家在其间罩染出深浅不一的铜绿色，以示春水之柔、空气之清蒙。原来“虚实相生，无画处皆成妙境”也是有画家在细心地观照的。

马远的儿子马麟亦是一位绘画高手，我们可将其作《芳春雨霁图》（台北故宫博物院藏）可与其父《梅石溪凫图》并行观之，感受春日“也有风雨也有晴”的别样味道。

也有学者根据江南谚语“正月梅花、二月杏花、三月桃花”及“鸡正鸭二”（鸡正月下蛋；鸭二月下蛋，孵出小鸭约二十天，此后再十天方可下水）推测此幅册页中所绘花枝并非梅花，而是桃花。这倒也合了“竹外桃花三两枝，春江水暖鸭先知”的诗情画意。

究竟是梅石溪凫，还是桃石溪凫，各位看官，您怎么看呢？

第二章

市井深处

从军事威力和势力范围来衡量，宋朝积贫积弱。但就经济发展、社会繁荣程度来看，宋朝当之无愧乃中国历史上最具人文精神、最有思想的朝代之一，也是逐渐走向平民化、世俗化、人文化的一个重要时期。

宋代商业繁盛，物阜民丰，老百姓经济能力高低与生活品位的差异，展现了各异其趣的生活形态。里坊制被打破，宵禁被取消，取而代之的是热闹非常的繁华市场与灯火通明的夜市，城市景观有了显著变化。市民文化勃兴，社会风气自由，节令活动缤纷多彩，世俗文化大放异彩，市井气息浓郁。

物以载道，不同于汉唐之雄强气度，亦有别于明清之繁缛装饰，宋代器物精巧雅致、细腻生动，于整体中体现简洁洗练，又于细节处装点巧趣。从日常宴饮之器具（如银鎏金菊花盘盏）到簪戴穿着之装饰（如金缠钏），从坐卧起居之家具（如白沙宋墓壁画及《秋窗读易图》中的屏风及桌椅）到婚丧嫁娶之特制品（如鸾凤穿花纹金帔坠），宋人在庄严细巧间将富丽精致贯穿于四时晨昏中。在焚香、插花、点茶、挂画等诸般闲事中，我们可以尽情领略宋人低调奢华的生活美学。

北宋少府监、南宋工部之下的文思院"掌金银、犀玉工巧及采绘、装钿之饰"，负责设计、打造细巧工艺之事，官方样制时常流传民间，林立的商号作坊以此为样，使内廷与民间风尚同步流行。雍穆典雅的宋瓷树立了中国瓷器史上的经典，成为元明清乃至今日制瓷业因袭追慕的对象。素洁温雅的剔犀漆器在逐层堆叠的基础上雕出抽象宛转的肥厚如意云纹。写实与仿古交会下的宋代玉器蕴藏着士大夫们复古礼敬之心。金银器的制作者吸取自然界中花果形态，在杯、盘、盏的组合中赋予其巧思，起伏的曲度、精巧的錾刻工艺、充满生机的姿态、糅合文学诗词的意境与院体花鸟画的图式……海上丝绸之路承载着以上诸物，促进了中外贸易的发展，更传播了大宋这座东方文明古国的审美风尚与习俗、思想。

宋代的市井气息与工艺繁盛的状况密不可分，我们从时人描述都城生活的笔记中可领略，而传世文物、考古出土（水）物的出现与之相呼应，将这些遥远缥缈的墨香记录形象化、视觉化，使匠人各逞其能、生活工巧竞呈的画面生动起来。

东京、临安城内林立的酒楼飘出阵阵酒香，觥筹交错间，各花型的金银瓷盏透露出别样的风华；勾栏瓦舍间传来演员们隐约的歌声、乐器声与观众的喝彩声（佚名《眼药酸图》）；乡野间货郎（李嵩《货郎图》）与游医（李唐《灸艾图》）正尽兴地开展着自己的“业务”；官宦人家的仕女们身披轻纱，手持团扇，已在月亮照映到东墙第一株紫薇花时登上高阁，准备祝祷（佚名《瑶台步月图》）；东南沿海的市舶司依旧繁忙，码头上的脚夫们要赶在东北季风来临前，将来自龙泉窑、德化窑（青白釉印花六棱执壶）等地的瓷器与茶叶、丝织品等尽快完成装载……元宵节，宫廷中上演买卖街“货郎戏”，展演民间货郎游走兜售的情景；教坊杂剧戏乐，由民间艺人扮演，他们衣着鲜亮、头插花枝、佩戴农具，是对新一年邪魅驱散、风调雨顺的祈盼（佚名《大傩图》）。

画家记录下这一幕幕活色生香的场面，唤作“风俗画”，勾勒出大宋经济繁荣、百姓富庶、文化兴盛的底色，展现出大宋边边角角的生活面貌。它们既是城市图景记录的载体，也是装点市井生活的一部分。

垂足而坐：白沙宋墓 1 号墓前室西壁

古人“视死如生”，相信死亡只是肉体与人间的暂别，而在黄泉下的世界，生命又会开启新的生活。因此，孝子贤孙们在为逝去的亲人打造墓穴时，会尽力用最时兴的主题、最流行的做法。宋代人在选取墓室壁画的内容上，青睐于对人间家庭日常生活的表现，取代了汉代墓葬中神仙灵异的题材。

白沙宋墓 1 号墓的墓主人赵大翁，于元符二年（1099）下葬，据学者研究他极有可能是兼营商业的地主。他的墓葬工程细致、装饰富丽，颇能代表北宋中晚期中原地区“中产阶级”的生活面貌。作为考古学的范例，河南禹州白沙宋墓为考古材料与历史文献、艺术史的结合开辟了新的思路。

这一年，北宋的天空既有战争的硝烟也有士大夫的墨香，既有帝王的权谋也有普通百姓的悲欢离合。

这是宋哲宗赵煦在位的最后一年。在遥远的西北边疆，大宋的铁蹄正踏向青唐（今青海西宁），一场旨在拓展疆土的军事行动正在悄然展开。辽国派出使臣试图游说北宋停止对西夏的军事行动，但北宋的决策者们显然没有被辽国的说辞所动摇，战争的车轮仍在滚滚向前。远在潮湿瘴气弥漫的儋州，年过花甲的苏轼正面对南溟波涛，感念故人不远千里徒步探望却不幸离世的深情厚谊。海浪会疾速冲刷留在沙面上的痕迹，《巢谷传》

记录的义举却经久流传。千年之后，当我们回望这段历史时，宋哲宗的统治、青唐之战、辽国的外交斡旋、苏东坡的坎坷人生，以及赵大翁的平凡离世，这些看似毫无关联的片段却共同构成了我们了解大宋的重要拼图。

作为大宋王朝无数百姓中的一员，赵大翁的离世看似与这一年的大事件毫无关联，却也在历史的长河中留下了自己的痕迹。赵大翁的墓葬工程细致、装饰富丽，能体现出其对市井的眷恋，颇能代表北宋中晚期中原地区“中产阶级”的生活面貌。

墓前室西壁夫妇二人对坐（图 2.1），身后有四位侍从持物伺候左右，东壁的艺人们正在吹拉弹唱跳。全墓壁画人物唯夫妇像砖砌浮出，二人皆坐椅上，当中置桌，桌上放着青色的注子和两件杯盏。据宿白先生考证，东西壁画应合观，二人侧身面东欣赏乐舞，此为夫妇二人“开芳宴”的主题，以示夫妻恩爱。唐以来饮宴多备乐、舞助兴，宋代沿袭。[1]

壁画中赵氏夫妇各坐一把椅子、中间置桌的宴饮方式，在今人看来，再平常不过。但是，这在他们那个年代，垂足而坐却是普及不久的新潮坐卧方式。

汉代以来，人们居家饮餐、宴宾时，主要跪、踞或盘坐于席、榻上，前方设低案；

图 2.1　白沙宋墓 1 号墓前室西壁绘画
年代：北宋
材质：壁上彩绘、砖砌
出土时间、地点：1951 年，河南省禹州白沙宋墓

[1] 宿白：《白沙宋墓》，生活·读书·新知三联书店，2017 年，第 65 页。

随着胡床等家具的使用，人们渐渐垂足而坐；唐、五代之际，僧侣、河北地区的武将最早突破传统观念的拘泥[2]，开始使用椅子这样的高足坐具；直到北宋时期，椅子才在中原地区日常生活中普及，进而推广至全国更大范围。高足坐具的使用必然带动配套使用

图 2.2　佚名《盘车图》局部

[2] 杭侃：《试论唐宋时期椅子在中原地区的传播》，《故宫博物院院刊》2019 年第 4 期，第 4—19 页。

的桌案的变更，席与案的组合转变为椅子与桌子的固定搭配。从目前所见墓室壁画、出土实物及传世绘画来看，北宋中叶以后桌椅已经相当普遍。《清明上河图》中形形色色的门店中都设有桌椅板凳，其他宋画中亦时常见到，可见高足家具在宋代的普及程度。即便在偏远的边关地区，亦可见到桌椅的身影，如佚名《盘车图》（图 2.2，故宫博物院藏）中酒店中所设。披览宋画可见，北宋时家具制作形制简洁朴拙，南宋以来，家具制作逐渐繁缛，具体表现在雕饰支柱或装饰花牙子更加精巧富丽上。

这看似向前迈进的一小步，老祖宗们却走了一千年；一千年后的我们，依旧在使用并且很受用于这种桌椅组合的搭配，真得感谢不断接受新事物、改良新事物的祖祖辈辈。高足家具的使用不仅改变了当时人们的坐卧方式，它也渗透到了生活的诸多方面——例如室内陈设、日常起居、生活习俗的变更，甚至带来了书写、作画方式和书画形制的改变。譬如，北宋中期之后出现了在高头大卷上作画以及流行“尚意”的书风，挥毫泼墨间更加自由恣意，这些都与使用了更大面积、更高尺寸的桌案脱不了干系。在这之前，墨客们凭几而坐，左手握卷、右手执笔的书写模式调动的运动肌群只限于手腕，而铺纸绢于案，伏案书写、描摹则激发起小臂甚至大臂的参与，在用笔上自然实现了更多可能性（图 2.3）。

图 2.3　书写方式对比，左为（传）杨子华《北齐教书图》局部，右为（传）马远《西园雅集图》局部

把酒问青天：影青釉注子注碗

孟元老《东京梦华录》中记载：“大抵都人风俗奢侈，度量稍宽，凡酒店中，不问何人，止两人对坐饮酒，亦须用注碗一副，盘盏两副，果菜碟各五片，水菜碗三五只，即银近百两矣。”饮酒所需的这副“注碗”事实上是指组合成套的两件器物——注子与注碗，它们是宋代极为流行的酒具。

注子又称执壶、注壶。五代之前的注子短颈，鼓腹，置圆筒形或六角形短直流及曲柄。五代至北宋时期的注子，器身渐高，器形修长秀美，流渐长；北宋之后，注子开始与注碗配套使用；南宋时期，注子的流愈发细长。温酒时，人们将注壶置于注碗中，碗中加热水，保证饮用时的温度与口感都更加顺口舒畅。目前所见传世及出土的注碗，多以金、银、瓷材质为主。四川德阳孝泉镇清真寺窖藏有一副银质的注碗，上边还刻有铭文“注子一副重叁拾叁两”标注其重量。

安徽宿松北宋元祐二年（1087），吴正臣夫妇墓出土的这套青白釉注子、注碗（图 2.4）被认为是目前同类出土器具中最为精美之作。注子小口，有盖，盖顶置狮形纽，斜宽肩，八棱形腹，圈足，前置长流，后置曲柄。注碗呈仰莲式，莲瓣边缘饰如意纹，圈足外表还饰以一圈覆莲瓣，与注子脖颈处一圈莲瓣相应。此套注子与注碗都采取了莲的造型元素，相互呼应，造型典雅，釉色莹润，着实考究，颇具审美价值，加之其出土墓葬又有准确

图 2.4　影青釉注子注碗
年代：北宋
尺寸：通高 25.1 厘米，注子高 22 厘米，底径 8.8 厘米
出土时间、地点：1964 年，安徽省宿松县北宋元祐二年墓
藏地：安徽博物院

图 2.5　白沙宋墓第 2 号墓墓室西南壁壁画局部

的纪年，因此这套器物亦颇具史料价值，可作为北宋元祐年间景德镇窑烧制注碗的标准器。

墓主人下葬的元祐二年（1087），景德镇正处于北宋时期的烧制高峰期。其以烧制青白瓷为主，所烧器物胎体质薄轻巧，釉质透明如水，釉色白中泛青、青中见白，温润如玉，清新爽目，光照见影，积釉处呈现淡淡的湖绿色，因此得名“影青”。影青瓷产品种类丰富，包括碗、盘、盒、炉、注了、瓶、茶托等，造型多样，常采用瓜棱口、花瓣等造型，装饰方法以刻花、划花、印花、贴花等为主，像本篇我们看到的注子、注碗套装就主要采用莲花花瓣造型及刻花、划花的技法来制作，颇具典型性。景德镇的影青瓷不仅在民间很受欢迎，还作为贡品供御府使用，至南宋开始远销海外。元祐二年的十月，大宋王朝在福建泉州增置市舶司，极大地便利了泉州的对外贸易，为此后景德镇窑影青瓷在海上丝绸之路的传播埋下了伏笔……

我们在前篇看到的河南禹州白沙宋墓埋葬着生活于北宋中晚期的赵大翁一家，他们共 3 座墓葬，其中 1 号墓前室西壁壁画和 2 号墓西南壁壁画（图 2.5）都绘有墓主人与其妻对坐的宴饮场面，桌案上皆置放着注子与注碗，2 号墓壁画中的那副与图 2.4 影青釉注子、注碗在形式上很近似．注子都呈六棱体，注子盖纽都以可爱的小瑞兽来造型（故宫博物院、上海博物馆等文博单位亦收藏有类似造型注子）。注子与注碗在宋代使用的普遍性及人们对特有造型的喜爱从中可见一斑。

把酒言欢：银鎏金菊花盘盏

金银器在宋代不再局限于皇室、贵族享用，而是逐渐走向民间，富庶殷实之家、市井酒楼也多有使用者。根据孟元老《东京梦华录》记载，在汴梁的酒楼中，只要二人对坐饮酒，需要的器具就有注碗一副、盘盏两副、果菜碟各五片、水菜碗三五只。若这些都用银器制品，这一顿酒吃下来所用餐具花费的制作银子就将近百两。这些器皿不仅在数量上惊人，杯、盏、盘、碟等器皿在造型上亦是极尽工巧之能事，它们近似大自然中花果草木的形态，如荷花、菊花、蜀葵、水仙、梅花、桃子、甜瓜等，清新优雅，十分夺目。

福建省邵武市博物馆藏的这副银鎏金菊花盘盏（图 2.6），盘、盏皆作重瓣菊花形，盘为 32 曲菊瓣，盏为 24 曲菊瓣，盘与盏中心凸出，打作花蕊，花瓣边缘与花蕊皆鎏金，寓富贵灿烂于素雅婉约之中。菊花的形象在宋代的金银器皿中运用甚多，四川彭州出土有一大批南宋窖藏的金银器，其中有一件菊花形金碗，宛若秋季盛开的黄菊。

南宋士大夫范成大（1126—1193）在《范村菊谱》中开宗明义：“山林好事者，或以菊比君子，其说以谓岁华晼晚，草木变衰，乃独烨然秀发，傲睨风露，此幽人逸士之操，虽寂寥荒寒，而味道之腴，不改其乐者也。神农书以菊为养性上药，能轻身延年。南阳人饮其潭水，皆寿百岁。使夫人者有为于当年，医国庇民，亦犹是而已。菊于君子之道，

图 2.6　银鎏金菊花盘盏
年代：南宋
材质：银鎏金
尺寸：盘径 16.5 厘米，高 2.5 厘米
　　　盏径 9.1 厘米，高 3.5 厘米
出土时间、地点：1980 年，福建邵武故县银器窖藏
藏地：邵武市博物馆

图 2.7 朱绍宗《菊丛飞蝶图》

诚有臭味哉！”菊花不仅因为其岁寒而后开的自然习性被文人骚客赋予高风亮节的精神，而且其养生的实用功能更是被人们所喜爱，常被用作食疗药膳。传说后汉的胡广晚年常饮菊花水，寿命达 82 岁，在 70 岁已是“古来稀”的古代，显然算是长寿老人。宋人将菊花的形态融入餐、饮的杯盏中，或许蕴藏了一份渴望长寿的憧憬。

宋人以菊花为意象的诗词与画作十分常见，譬如南宋朱绍宗《菊丛飞蝶图》（图 2.7，故宫博物院藏）就描摹了不同颜色与品种的菊花，右下角的四朵菊花与银鎏金菊花盘盏在形态上十分近似，皆重瓣。画面中，花瓣呈椭圆形，既非纯白，又非明艳的纯黄色，而是白中有晕黄之色。

不知当年打造菊花杯盏的匠师们是以自然界真实的菊花为粉本，还是以纸绢上的菊花图为粉本呢？

闺阁中的收纳：朱漆戗金莲瓣式人物花卉纹奁

宋代漆器盛行，北方以定州漆器为代表，南方以温州、福州等地漆器为代表。漆器多以木质为胎，导热性差，髹漆工艺又能为器物增添沉稳大气的色泽，故而常作茶托使用。《梦粱录》中就记载了当时临安城的茶肆中只用瓷盏配漆托，具体使用情况应如南宋周季常、林庭珪《五百罗汉图》（图 2.8，日本京都大德寺藏）图中所示。

宋代，漆器工艺除了用于盘、碗、盏托等餐饮器具，闺阁之中的奁、盒、匣也多采用漆器工艺，这些闺阁之物多造型精美、工艺精良。这一时期新创漆器工艺“戗金”，即先在漆面上刻线再填入金粉，使漆器呈现出描金的艺术效果。戗金漆器以江苏武进南宋墓出土的朱漆戗金莲瓣式人物花卉纹奁（图 2.9）为代表。

此奁为木胎，外髹朱漆，内髹黑漆，整体呈六出莲瓣筒形。其上下四层，浅圈足，合口处镶银扣。这种多层漆奁不仅注重实用效果——多层设计置物丰富，还在此基础上追求美观的艺术效果。漆奁盖面（图 2.10）绘两位仕女漫步于庭园石径上：她们身材纤瘦，头梳高髻，外着花罗直领对襟衫，内长裙曳地，二人正在亲切攀谈，侍女捧玉壶春瓶恭立一旁。图示中奁上轻薄的服饰、团扇及折扇的使用、镂空的竹绣墩、葳蕤的草木花卉等细节传递出当时正处于春夏明媚时节。漆奁器壁饰牡丹、莲花、梅花、芙蓉等六组折枝花，线条流畅，描摹精细，更为此奁增添美感。奁盒内朱书“温州新河金念五郎上牢”

图2.8　周季常　林庭珪《五百罗汉图·吃茶》局部

图 2.9　朱漆戗金莲瓣式人物花卉纹奁
年代：南宋
材质：漆器
尺寸：通高 21.3 厘米，外径 19.2 厘米
出土时间、地点：1978 年，江苏常州武进区村前乡蒋塘村南宋墓
藏地：常州博物馆

十字，是为制作商铺之号。

奁是古代女子收纳发梳、铜镜、脂粉香盒等化妆用品的器具。以漆器工艺装饰妆奁由来已久，战国时期就已有之，东晋顾恺之《女史箴图》中亦有描绘（图 2.11，唐摹本，大英博物馆藏）。南宋时，福州漆工采用工艺独特的剔犀发展出胎薄且坚、漆质油亮的“福犀”，此工艺与戗金工艺都是宋代漆艺的创新之举。1986 年出土的南宋端平二年（1235）剔犀葵瓣形三层奁是其代表。这些遗世漆奁外形简洁，纹饰精美，不仅展示出了当时的审美风尚，更为后世者提供了遥想女主人打造“浅拂胭脂轻傅粉，弯弯纤细黛眉长”妆容时的细节参照。

图 2.11 （传）顾恺之《女史箴图》（唐摹本）局部

图 2.10 朱漆戗金莲瓣式人物花卉纹奁盖面

霎时滋味舌头回：建窑黑釉兔毫盏

饮茶在宋代早已成为日常之事，王安石（1021—1086）在《议茶法》中称：“茶之为民用，等于米盐，不可一日以无。”吴自牧《梦粱录》中记载南宋杭州城内处处都有茶坊。

宋代的茶是先制成半发酵的茶饼，饮用前把茶饼碾成细末放在茶盏内，再倾入沸水，水面便涌起白色的泡沫。斗茶之风在宋代颇盛。斗茶者先斗汤色，茶汤色泽纯白者为胜，青白、灰白、黄白为负；再斗水痕，茶汤在茶盏周围沾染一圈茶痕，耐久后褪去者为胜，即茶沫丰富者为胜。

黑釉茶盏能衬托白色茶沫最适宜斗茶，因而受到斗茶者的喜爱。当时南、北方瓷窑大量烧制黑釉茶盏，尤以福建建窑最为突出。建窑黑釉茶盏胎体厚，保温性能好；釉色乌黑，易发茶色；由于烧制茶盏所形成的氧化铁结晶斑的不同，釉面形成了不同的图形，时人依其形，雅称其为“兔毫”“鹧鸪斑”“铁锈”“油滴”“曜变”等。

台北故宫博物院收藏的这件建窑黑釉兔毫盏（图 2.12），口沿外缘向内束收，深腹、小圈足，釉不及底，露出深褐色粗厚的胎体；器皿底部以楷书刻“律”字；釉色乌黑浓稠，流动性大，外壁垂淌几近足处；盏身里外均有结晶析出的青黄色细密线条，随釉流动，深浅相杂，宛若根根兔毫。

福建建窑的黑釉茶盏在宋代受到从帝王至士大夫们的青睐，一度成为宫廷御用，如

图 2.12 建窑黑釉兔毫盏
年代：宋
尺寸：口径 11.5 厘米，足径 4.2 厘米，高 6.5 厘米
藏地：台北故宫博物院

今建阳的建窑窑址中还有盏底有“供御”“进盏”字样的残件。赵佶（1082—1135）在《大观茶论》中称：“盏色贵青黑，玉毫条达者为上，取其焕发茶采色也。”蔡襄（1012—1067）所著《茶录》论“茶盏”中亦提出饮茶当用建窑茶盏，“茶色白，宜黑盏，建安所造者，绀黑，纹如兔毫，其坯微厚，熁之久热难冷，最为要用。出他处者，或薄，或色紫，皆不及也。其青白盏，斗试家自不用。”

建窑兔毫盏在宋代名气很大，不仅收获了无数的赞美之词，甚至成为时人饮茶的不二之选。南宋道士诗人白玉蟾（1134—1299）的《水调歌头·咏茶》对采茶、做茶、备茶、品茶作了细腻生动的描绘，其中茶具独提兔毫盏：“二月一番雨，昨夜一声雷。枪旗争展，建溪春色占先魁。采取枝头雀舌，带露和烟捣碎，炼作紫金堆。碾破香无限，飞起绿尘埃。汲新泉，烹活火，试将来。放下兔毫瓯子，滋味舌头回。唤醒青州从事，战退睡魔百万，梦不到阳台。两腋清风起，我欲上蓬莱。”

无问西东：德化窑青白釉印花六棱执壶

南宋初期，一艘福建泉州制造的大商船满载货物从中国沿海出发。这些货物以来自浙江龙泉窑的青瓷、江西景德镇的青白瓷、福建德化窑的白瓷为大宗，间杂有金银器、首饰、铜钱、银锭等。商人们信心满满，打算大赚一笔，不曾想才走到南海海域，便突遭海难，直至 800 年后，这些货物方才重见天日。这艘海上沉船被命名为“南海一号”。

2019 年 8 月 6 日，“南海一号”宋代沉船船舱内货物被清理完毕，出水文物总数超过 18 万件。它是迄今世界上发现的海上沉船中年代较早、船体较大、保存较完整的沉船，也是目前中国关于海上丝绸之路文物数量最多、最完整、最集中的考古发现。

来自 800 年前的文物们脱离了海水泥沙，继续散发着昔日的光彩，其中有一件德化窑青白釉印花六棱执壶（图 2.13）十分夺目。执壶又称注子、注壶，初为酒器，后其流逐渐变长，亦作茶具使用。目前所见执壶多为胖乎乎的鼓腹造型，即便作瓜棱造型，线条亦十分圆润。而这件执壶棱印十分鲜明，且突出之棱印硬朗分明，与本土强调圆融的美学观相悖，充满了异域风情。这应该是德化窑厂投外商之所好，或者是外商来样定制之器。

两宋时期，囿于辽、西夏、金政权在一定时期内的并存，通往中亚的商路通行不便。在经济中心南移、造船航海技术突飞猛进的时代背景下，赵宋政权采取了更加积极的海

图 2.13 德化窑青白釉印花六棱执壶
年代：南宋
尺寸：口径 8.2 厘米，底径 8.5 厘米，高 52.7 厘米
出水：广东阳江海域南海一号
藏地：中国国家博物馆

洋贸易政策。南宋时，在两浙、福建和广州置市舶司，杭州、宁波、福州、泉州、广州因地缘成为重要的贸易港口。当时的对外贸易东到朝鲜、日本，西至非洲东岸、北岸各国，史称“海上丝绸之路”。事实上，海上商贸航线在汉代即有记载，当时中国船只从广东、广西等地的港口出海，沿中南半岛东岸航行，最后到达东南亚各国。唐、宋之后，随着航海技术和造船技术的演进，海上丝绸之路的航线更加遥远，大规模的国际性商贸活动使得外销和进口商品的种类和数量都变得空前丰富。

“南海一号”是海上丝绸之路贸易的一个缩影，在它之前有晚唐的“黑石号”，在它之后有南宋末年泉州湾后渚沉船、明代郑和七下西洋……不同的肤色、不同的种族、不同的生活习惯，因这些航船及所载之物而变得交融多元、丰富多彩，悄然而变的还有器物所承载的技、艺、道。

高枕无忧：磁州窑白地黑花诗词枕

枕头作为人们日常起居的重要生活用具，自古在材质上可谓是五花八门。其中，瓷枕最早烧造于隋代，最初作为陪葬的明器。唐之后，瓷枕逐渐发展成为大夫诊病时的脉枕以及睡眠时的实用寝具。宋代瓷枕造型丰富多彩，有几何长方形枕、如意形枕（见图 2.14）、兽形枕、孩儿枕等，其产地遍布南北，尤其以河北磁州窑最负盛名。

磁州窑是宋代北方地区著名的民间瓷窑之一，因窑址位于河北邯郸市磁县观台镇与彭城镇一带，宋代属磁州，故名。磁州窑产品以白瓷、黑瓷和白地釉下黑、褐彩绘瓷为主。白地釉下黑是磁州窑的优质瓷，其所产器物除瓶、缸、罐、碗、盆等日用品外，以瓷枕最为著名：枕底往往有“张家造”“李家造”“王家造”和“陈家造”等印记；枕面的图案内容除民间喜闻乐见的花鸟鱼虫之外，还有各种富有生活气息的题材，如“婴孩捶丸”等；最具特色的是在枕面上题写诗词曲赋、规劝箴言、吉祥祝福、民谚俚曲等，深受百姓喜爱。磁州窑盛产的瓷枕上往往书写宋、金流行的词牌、曲牌，如《满庭芳》《小桃红》《如梦令》等，开创了我国瓷器装饰的新途径，在我国陶瓷史上占有重要地位。

湖南博物院藏宋代磁州窑白地黑花诗词枕（图 2.15），呈长方八角形，枕边绘缠枝花，枕面边描一黑框，枕面中有一长方框，方框外两端分别写有“中吕调”“满庭芳”，中间书“绿水澄清，轻云微暮，败叶零乱，空阶画堂人静。明月夜徘徊，又是重阳近也。

图 2. 14 山西高平开化寺壁画中的如意形枕

图 2.15 磁州窑白地黑花诗词枕
年代：北宋
尺寸：长 27 厘米，宽 18.5 厘米，高 12 厘米
藏地：湖南博物院

闻几处砧杵声，催西窗外风摇翠竹，疑是故人来。临高空伫立，新愁未尽，往事难猜，问槛边金菊，还以谁开。漫到愁来滞酒，酒未尽，愁已先回，凭栏久，金波渐远，白露点青苔”。不同于钧瓷窑变带来的万紫千红和汝瓷天青色的温润如玉，磁州窑不以釉色取胜，而以内容征服受众。磁州窑瓷枕除了在炎炎夏日给主人带来清凉实用的功用外，还传播了当时流行的词曲文化，给主人心头注入一剂清新舒畅之气，使其高枕无忧，真正实现了雅俗共赏（用）。

千年前主人枕着“词曲”入梦，千年后词曲尚在，人已远。唐代沈既济《枕中记》的主人公卢生当年途经邯郸而生“黄粱一梦”，邯郸又是盛产瓷枕的磁州窑的所在地，真不知这是历史的巧合，还是作者巧妙的布局。

名园蹴鞠称春游：蹴鞠纹铜镜

古人正衣冠的铜镜，多为青铜质地，以圆形为主，亦有方形、葵花形、菱花形等。铜镜照容的一面光滑明亮，另一面则装饰有丰富的图案或铭文，通常放置于镜架上支撑使用，或在背面的铜纽上系绳手持使用。铜镜作为日常生活的必备用具，上边的纹饰很能反映出当时的流行风尚。

湖南博物院藏蹴鞠纹铜镜（图2.16）为我们呈现了宋人蹴鞠的情景。画面中共四人，两男两女，从其穿戴及宋代严格的礼制判断，中间的二位为主人，身后跟着的显然为其侍从。男主人头戴幞头，身着长服，身体微前倾，蹲步，作防守的架势；对面的女主人头梳高髻，身穿褙子，右脚正作颠球状，充满动感；身后的侍女手执长巾，随时等待为女主人擦拭香汗；对面的小厮则专心致志地盯着球，似充当裁判。画中人物服饰轻盈，植物初生，应是在春季；湖石、地砖、植物交代了这是发生在庭园内的一场蹴鞠赛事。

“蹴”指用脚踢或颠动物品，“鞠”指有填充物的皮球。蹴鞠作为我国古老的体育活动，据传始于黄帝时，起因可能是为了锻炼腿部力量，属于一种军事上的训练活动，后来才演进为娱乐游戏。蹴鞠具体起源于何时，尚无定论。故宫博物院藏有一枚西汉时期的铜印，印文是二人对面站立、各用足面颠球的场景，这是目前所见较早的实物图像。

图 2.16　蹴鞠纹铜镜
年代：宋
材质：青铜
尺寸：直径 11 厘米
藏地：湖南博物院

宋代，蹴鞠几乎算得上是一项全民娱乐，无论是高高在上的皇帝，还是市井深处的哥儿姐儿，都参与其中。上海博物馆藏有一件传元初画家钱选摹绘宋代画院画家苏汉臣的《宋太祖蹴鞠图》（图 2.17），画中太祖赵匡胤与其弟赵匡义及近臣赵普等一起蹴鞠玩乐，画面与上文铜镜中的近似，皆是人物以足尖颠球，这种踢法称为“白打”，不用球门，以踢出的花样和动作难易程度作为评判标准。

图 2.17　元代传钱选摹绘宋代苏汉臣《宋太祖蹴鞠图》局部

宋代诗人笔下对蹴鞠这一活动也多有记录。譬如：梅尧臣（1002—1060）《依韵和孙都官河上写望》中“蹴踘渐知寒食近，秋千将立小鬟双”之句；周彦质《宫词》中写道：“名园蹴鞠称春游，近密宣呈技最优。”透过诗文，我们发现蹴鞠有其特定的季节性，与春游、寒食节（清明节前一或二日）相连，这与蹴鞠纹铜镜反映的季节相契。春季万物复苏，阳气回升，蹴鞠活动量大，有助于舒散寒气、活络筋骨、陶冶性情。

瑞脑销金兽：余姚官窑青釉狻猊出香

耐得翁《都城纪胜·四司六局》：“香药局，专掌药碟、香球、火箱、香饼、听候索唤、诸般奇香及醒酒汤药之类。”陆游《夏日》：“团扇兴来闲弄笔，寒泉漱罢独焚香。”吴自牧《梦粱录》云：“焚香点茶、挂画插花，四般闲事，不宜累家。”可见，在宋代，上至皇宫内院，下至士大夫、市井百姓，皆流行焚香。

黄庭坚总结《香之十德》：“感格鬼神、清净身心、能拂污秽、能觉睡眠、静中成友、尘里偷闲、多而不厌、寡而不足、久藏不朽、常用无碍。”张择端绘《清明上河图》中就有一家“刘家上色沉檀拣香铺”，从其名就知经营范围有沉香、檀香、乳香等香材。这些香材有的经海上丝绸之路远从东南亚等地而来，有的就来自海南。宋代士人青睐依照香谱自己合香，黄庭坚就颇爱以海南沉香来合香。

元明之际才开始流行使用线香。在这之前，所焚之香多是根据香方调配的香丸、香饼。对品香十分讲究的宋人，还会将鲜花与沉香混在一起熏焚，杨万里《和仲良分送柚花沉三首》中用柚花与沉香熏制，“薰然真腊水沉片，烝以洞庭春雪花”，“锯沉百叠糁琼英，一日三薰更九烝”，柚子花清香幽甜的花香糅合着味清、烟润、气长的沉香，从香炉中袅袅飘出，令人气定神闲。就如同张元幹《浣溪沙》记载的那般：“花气蒸浓古鼎烟，水沉春透露华鲜。”

图 2.18　马远《竹涧焚香图》局部

“古鼎”是焚香用具。赵希鹄在《洞天清禄集·古钟鼎彝器辨》中云：“今所谓香炉，皆以古人宗庙祭器为之。爵炉则古之爵，狻猊［suān ní］炉则古踽足豆，香球则古之鬵［xín］，其等不一，或有新铸而象古为之者。”宋人所爱的仿古式样香炉最初可能直接取了商周秦汉时期的青铜鼎、簋、鬲用作焚香，供不应求时便依古器物仿制。士大夫们以雅致秀逸为上，香炉尚精致小巧，一来设于桌案上不占空间，二来出门携带亦轻便。马远《竹涧焚香图》（图 2.18，台北故宫博物院藏）中士人独坐山中，簋式香炉袅袅飘出轻烟，为林泉间独坐畅神更添一份清幽沉静之味。

余姚官窑青釉狻猊出香（图 2.19，浙江省博物馆藏）由炉座、炉盖组成：炉座为四层仰莲式须弥座，莲花娇嫩盛开，以为炉腹；莲蓬作炉盖，上蹲踞着张口仰视的狻猊。龙生九子，各有不同，狻猊形如狮，喜烟好坐，匠人们将其置于香炉上，炉烟自其口中飘飘而出，使用起来定与传李公麟（1049—1106）所画《维摩演教图》（图 2.20，故宫博物院藏）中的香炉一般。李清照笔下“薄雾浓云愁永昼，瑞脑销金兽”所说“瑞脑”是指龙脑香，而“金兽”就是以铜鎏金为质的狻猊香炉。

图 2.19　余姚官窑青釉狻猊出香
年代：南宋
尺寸：通高 19.3 厘米
藏地：浙江省博物馆

图 2.20 （传）李公麟《维摩演教图》局部

水屏压火：（传）刘松年《秋窗读易图》

传刘松年《秋窗读易图》（图 2.21）描绘了山水清幽处，一位文士在书斋中临窗沉思的画面。图中远处山色明净，近处双松苍翠挺拔，院中红叶满地；书童恭敬立于书斋外，文士悠闲地坐于书案前，书案上摆放着青铜鼎和正在阅读的书籍；厅内正中央放置一座屏风，屏心绘满水波纹，四周饰以淡蓝色。

《秋窗读易图》之外，传苏汉臣《靓妆仕女图》（美国波士顿美术博物馆藏）、山西太原晋祠圣母殿圣母座后的屏风也都是以水波纹为屏心。河南禹州白沙宋墓第一号墓前室西壁（图 2.1）绘男主人与女主人身后各放置一座屏风，屏心所绘亦皆为水波纹，屏风外轮廓四周也都饰以淡蓝色。由此可见，在厅堂内摆放绘水波纹的屏风无论在北宋还是在南宋，都十分流行。

根据苏轼《书蒲永昇画后》的记载，古今画水多作平远细皴，晚唐孙位始出新意，画奔湍巨浪，尽水之变。五代后蜀的画家黄筌、孙知微继承孙位的笔法，孙知微在大慈寺寿宁院的四面墙壁上所画湖滩水石“作输泻跳蹙之势，汹汹欲崩屋也”。到了宋代，出现了更多以画水或水中龙而知名的画家。《图画见闻志》卷四《杂画门》著录以水或龙水名者九家，其中成都人蒲永昇“性嗜酒放浪，善画水，人或以势力使之，则嘻笑舍去，遇其欲画，不择贵贱，苏子瞻内翰尝得永昇画二十四幅，每观之，则阴风袭人，毛发为立，

图2.21　(传)刘松年《秋窗读易图》
年代：南宋
材质：绢本设色
尺寸：纵 69.9 厘米，横 42.2 厘米
藏地：辽宁省博物馆

子瞻在黄州临皋亭，乘兴书数百言寄成都僧惟简，具述其妙”。

将绘有水纹的画作放置房间，在炎炎夏日观之，仿佛置身水岸，有凉风吹来，倍感清爽，可起“望梅止渴”的效果。除了以视觉影响触觉的心理作用外，屋内放置水波纹屏风应该还有着其他目的。从《秋窗读易图》所绘为秋天之景，屋内照旧放置水纹屏风即可看出。

汤垕《画鉴》中记载：“常州太平寺佛殿后壁，有徐友画水，名清济贯河，中有一笔，寻其端末，长四十丈，观者异之。友之妙，岂在是哉？笔法既老，波澜起伏，得其水势，相对活动，愈看愈奇。兵火间，寺屋尽焚，而此殿巍然独存，岂水能压之耶？”中国古代建筑以木头梁架结构为主，形式优美，抗震性强，但是最大的威胁来自火灾。为了防患于未然，人们除了在水缸中蓄水之外，还会运用一些压胜的手段。屋顶采用蓝色、绿色的琉璃瓦，屋脊摆放喜好吞火、激浪（即降雨）的鸱吻，在屏风中绘制有水、龙的图案等，它们都有“以水镇火”的意思。

瘦觉寒余缠臂金：金缠钏一对

2000 年，湖北省河口镇凤凰山南坡发现南宋咸淳八年（1272）吕氏大小娘墓，墓内随葬有众多瓷器与金银器。其中有一件似弹簧形状的金器（图 2.22），造型独特，引人注目，这件器物被称为金缠钏，是宋、元、明时期颇受女性喜欢的装饰物。

图 2.22　金缠钏一对
年代：南宋
尺寸：宽 0.5 厘米
出土时间、地点：2000 年，湖北黄石河口镇凤凰山南宋吕氏墓出土
藏地：黄石市博物馆

图 2.24　浙江临安太湖源镇杨岭出土的银缠钏

图 2.23　金缠钏内侧戳印“黄老铺户”

图 2.25　河南偃师酒流沟出土的宋代厨娘图砖刻画拓片

图 2.26　南宋佚名《搜山图》中女妖手戴金缠钏

金缠钏又称“缠臂金”“约臂金”“跳脱”，是古代女性缠绕于小臂的装饰品。使用它时，女性将金条多环连续缠绕于小臂，所盘圈数不等。镯头用粗丝缠作活环与下层的连环套接，可以左右滑动来调节松紧。吕氏墓出土的这件金缠钏靠近手腕一端镯面加宽，装饰成两道。缠钏外侧、内侧多处戳印“黄老铺户”印记（图 2.23），为打制缠钏的金银铺名。

目前所见出土之物除了金缠钏，还有银质的缠钏。浙江省临安博物馆就藏有一件银缠臂钏（图 2.24，太湖源镇杨岭出土），素面，盘旋八圈螺旋状，镯头两端均阴刻“忠正桥东徐二郎□”。宋代金银器制作业发达，匠人们往往将行名、匠名、产地等信息打印在器物上，起到宣传、标榜的作用。

金缠钏为宋代女子的普遍饰物，在同时期画作中都有体现。河南偃师酒流沟出土的宋代厨娘图砖刻画（图 2.25，中国国家博物馆藏）上，正要烹鱼的妇女手臂上就戴有缠钏。南宋（一说元初）佚名《搜山图》（图 2.26，故宫博物院藏）中虽然表现的是抓捕妖怪的虚构场景，但全卷刻画细微，画面中的名物皆为宋制，女妖们装扮富贵精致，其中一位女妖双手戴的金臂钏足足有 18 圈。

金缠钏也时常出现在宋代诗词之中。南宋朱淑真《恨别》：“调朱弄粉总无心，瘦觉寒余缠臂金。别后大拼憔悴损，思情未抵此情深。”作者借物抒情，相思之苦、感情之不舍使得女主人日渐消瘦，缠臂金在手腕上晃晃荡荡，金属的寒凉与寒光更添苦涩。而风趣的苏东坡大学士却将金臂钏与食物“馓子”相比拟，《寒具》诗云：“夜来春睡浓于酒，压褊佳人缠臂金。”它的意思是说馓子就像缠臂金被压扁后的形态，一层一层呈金黄色条状，不可谓不生动形象！

角落里的精致：鸾凤穿花纹金帔坠

宋代妇女穿着礼服时，喜欢在裙衫之外着霞帔，它好似长长的绶带从颈肩上搭下，以显隆重。为了使霞帔在穿着时能平展地下垂，人们遂于其底部系以帔坠。宋墓中出土者为数不少，就已知的实例而言，以南京幕府山北宋墓出土的鸾凤穿花纹金帔坠（图 2.27）为最早。[1]

此件鸾凤穿花纹金帔坠呈滴珠状，由两块镂空的金片打作、拼合而成，上端可以开合，边缘较薄，中心微鼓，顶端有一穿孔，用以穿系佩挂，此件帔坠在出土时尚用丝线系于墓主身上。两面纹饰相同，上部饰一朵菊花，左边为山茶，右边及下端均为牡丹，错落有致。主题纹饰为花叶中一对鸾凤展翅飞翔，边缘镂刻草叶纹一周，与主题纹饰相呼应。这种“凤穿牡丹”的图案在古代是典型的应用于女子的装饰，尤其是用作婚嫁器物上的吉祥图案。

虽然北宋已有帔坠实例，但直至南宋时此物才比较常见，成为社会生活中比较重要的装饰品。南宋吴自牧《梦粱录》记载南宋杭州民间婚嫁时，富贵人家准备“三金”作为聘礼，即“金钏、金镯、金帔坠”。金钏在前篇已存所见。南宋时的霞帔坠子却尚未

---

[1] 孙机：《霞帔坠子》，《文物天地》，1994 年第 1 期，第 22 页。

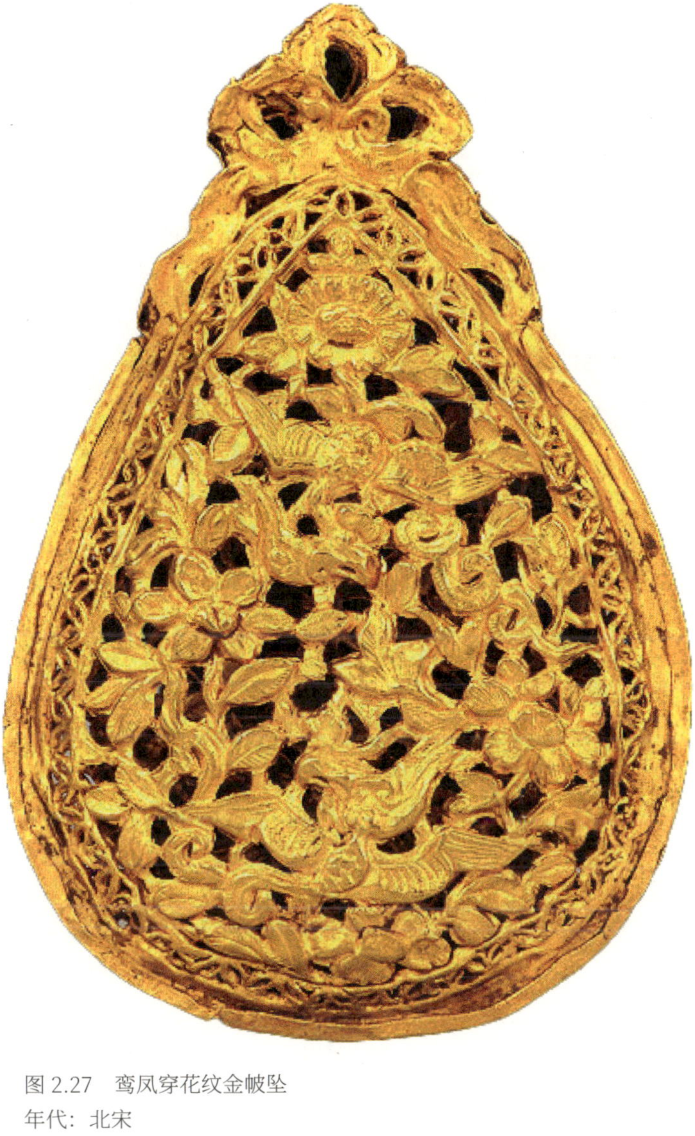

图 2.27 鸾凤穿花纹金帔坠
年代：北宋
尺寸：长 8.5cm，宽 5.7cm
出土时间、地点：1980 年，南京市江宁区幕府山宋代夫妇分室合葬墓
藏地：南京市博物馆

图 2.28　满池娇纹金帔坠

图 2.29　《宋宣祖后像》

形成严格的制度，因此纹饰丰富多样，能工巧匠还时常从织品上借鉴图样。浙江省东阳市博物馆藏有一件南宋满池娇纹金帔坠（图 2.28，1984 年浙江东阳湖溪镇罗青甲出土），它也是由两块金片分别打制、镂空后合成的，中间是一朵花结，两侧为一对相向而立于莲蓬上的鸳鸯。这种描绘池塘中花鸟景色的图案有一个美丽的名字——满池娇，一般由鸳鸯、莲塘、慈姑等元素构成。《梦粱录》卷十三“夜市”中记载当时夏秋季节，临安夜市上就有兜售“挑纱荷花满池娇背心”。

如今，霞帔与霞帔坠子都离我们的日常生活有些遥远，这藏在角落的精致只能在博物馆中去寻找，它的正确使用方式也只能从当时的画作如《宋宣祖后像》（图 2.29，台北故宫博物院藏）中觅得。

婉婉有仪：佚名《瑶台步月图》

且看《瑶台步月图》（图 2.30），中秋之夜，皓月当空，流云缥缈，仕女们登台拜月，间歇时饮酒交谈。左边的侍女手持酒壶，扭脸向左下望去，楼台下的植物与桌案上觚内所插之花皆不施勾勒，只以汁绿色轻轻点染，真如同夜晚能见度低的情况下那般朦胧；右边侍女手持团扇，恭谨站立。中间三位穿戴与二位侍女不同，她们梳高髻，戴罗帛丝质加蜡制成的若玉兰花苞似的仿真花冠，内着裙，外罩质地轻盈的褙子：中间仕女端盏欲饮，浅色褙子配蓝色对襟显得格外素雅；她左手边的仕女为其端盏，褙子对襟以红色为主色，对襟上隐隐约约有贴金等修饰，优雅清丽；另一位着绛红色的仕女背朝我们，她手中盘子上放置之物可能是摩睺罗——原为佛教八部众神之一的摩候罗神，在唐宋时被借名制作为一种土木偶人，据说供养它，可以祝祷生育男孩。

虽然宋代服装大体沿袭唐制，宋代妇女也像唐代妇女那样穿裙和衫，但是，宋代妇女所穿衫多为直领对襟，没有扣子、系带，罩在裙外，称为“背子”，又名“褙子”，是宋代妇女常用服饰。从文字记载、传世作品及出土实物来看，上至宫中的皇后、妃嫔，下至普通人家的劳动妇女，都穿着褙子，可见褙了之流行。稍有不同的是贵族或富庶家庭的妇女们所着褙子长度至膝下小腿处，而劳动妇女们所着褙子则通常在臀部左右，想来是为了劳动便利进行的选择和改良。我们从前文所讲白沙宋墓一号墓前室西壁壁画、

图 2.30　《瑶台步月图》
年代：南宋
材质：绢本设色
尺寸：纵 25.6 厘米，横 26.7 厘米
藏地：故宫博物院

图 2.31　南宋紫灰绉纱滚边窄袖女夹衫

蹴鞠纹铜镜及朱漆戗金莲瓣式人物花卉纹奁等图像中皆可见，妇人们所着褙子长至膝盖或稍下位置，与《瑶台步月图》中仕女们所着褙子长度相差无几。

南宋福建黄昇陪葬墓出土了 300 多件精美绝伦的丝织衣物，其中有一件南宋紫灰绉纱滚边窄袖女夹衫（图 2.31，衣前长 123 厘米，后长 125 厘米，福建博物院藏），与《瑶台步月图》中仕女们所着褙子长度、样式皆一致。黄昇墓的这件衫子下摆左右开裾至腋下，通体颜色素净，只在领缘、对襟、下摆缘、袖口缘装饰以印金和彩绘技术制成的花边。整体虽看似低调，实则在素净处作折枝菊花、芙蓉花等花边，以提花技术织成。内敛的外表下又不失奢华之感，这也正是宋代服饰的一大特点。

唐代公私衣服多用绫，宋代公私衣服改用罗，诸路州多设织罗务，监督生产。夏季则用纱，宋代相州的暗花牡丹花纱、绍兴的轻庸纱都极著名。《瑶台步月图》中仕女们所着裙与褙子质地轻盈，大抵就是文字记载中所说的“轻罗纱衣”。

《瑶台步月图》中轴处有明显的折痕，显然最初是作为实用的团扇的画饰，而扇骨被拆，它才被装裱成画。想来在南宋，手持此扇者，也是如画中人儿般纤美优雅……

且将团扇共徘徊：剔犀漆柄团扇

《春渚纪闻》中记载了一个苏东坡“写画白团扇”的趣事。苏轼在杭州任职期间，有一家以制扇为业的门店欠了别家绫绢二万钱，但是屋漏偏逢连夜雨，一边赶上店主父亲过世，一边又碰上春日里连绵阴雨，所制扇子卖不出去，资金周转不开，无法按时还款。忧愁之际，苏轼取白团夹绢二十扇，直接拿其判笔快速作行书、草书、枯木竹石，令其销售。这人刚出门，好事者便争以千钱取一扇，扇子迅速售完，后至而不得者怀揣无限懊恨离去，卖家也立即偿还了所欠绫绢钱。这个故事原本旨在夸赞苏轼智慧过人及时人对其书画的追捧，但从中我们亦能触摸到北宋时物质生活的些许痕迹。

宋代手工业发达，苏轼生活的年代已经出现了以卖扇为生的行业。随之而来的画扇、藏扇之风盛行，并因此催生了制扇的铺子和画扇的铺子。郭若虚《图画见闻志》中记载宋仁宗朝翰林待诏高克明就擅画团扇，“工画山水，采撷诸家之美，参成一艺之精。团扇、卧屏，尤长小景，但矜其巧密，殊乏飘逸之妙”。唐张萱《捣练图》（图 2.32，宋摹本，美国波士顿美术博物馆藏）中仕女所拿团扇就与北宋画院画家梁师闵《芦汀密雪图》（故宫博物院藏）中图案、意境一致。南宋杭州已经有了专门画团扇的铺子“陈家画团扇铺”。

虽然我们今日无缘得见苏轼以行书、草书装饰的团扇，但是可参考元钱选《招凉仕女图》（图 2.33，台北故宫博物院藏）。

图 2.32 张萱《捣练图》（宋摹本）局部

图 2.33 钱选《招凉仕女图》局部

图 2.34 李嵩《骷髅幻戏图》

图 2.35　剔犀漆柄团扇
年代：南宋
尺寸：长 46.8 厘米，横 23.6 厘米
出土时间、地点：1998 年，福建邵武宝庆二年（1226）黄涣墓
藏地：福建省邵武市博物馆

图 2. 36　（传）赵佶《听琴图》局部

宋代留存下来众多扇面画，我们还可以清楚地看到有些正中间有一道折印，可见其是从之前团扇上拆卸而来的，譬如李嵩《骷髅幻戏图》（图 2.34，故宫博物院藏）。但是，宋代保存下来的实物扇子并不多，目前只在南宋福建福州黄昇墓、南宋福建邵武黄涣墓、南宋江苏金坛周瑀墓中有出土。黄涣墓出土的剔犀漆柄团扇（图 2.35）呈椭圆形，扇骨以极细的竹丝制成，正背面裱细绢，扇柄系檀香木制成，以剔犀工艺装饰，表面雕刻缠枝花卉。周瑀墓出土扇子样式与其相近，在扇柄头部刻有“君玉”二字，极有可能是其字号。这种形制的团扇与《听琴图》（图 2.36，故宫博物院藏）中身着红袍者所持近似，推测可能是有学识的男士们的偏爱款。

运丝如运笔：朱克柔《山茶蛱蝶图》

《山茶蛱蝶图》(图2.37)构图集中于画面右半边,山茶花以折枝形态展示,花容娇美,迎风笑露,左上方一只蝴蝶闻香飞来,平衡画面之余,又增趣不少,整幅画面在磁青底的衬托下愈发显得生机盎然。远观整幅画面,无论构图还是内容,皆与流传于世的宋代册页相差无几,但若仔细端详画面的肌理,就会发现,它并非以毛笔画就,而是一件缂丝作品。画面左下角缂有“朱克柔”方印。对开跋语是明代吴门画家文从简对朱克柔及这件作品做出的极高评价。朱克柔,又名朱刚、朱强,她是生活于宋高宗时期的云间(今上海)人。她的缂丝技法非常高超,独创“长短戗”缂法,被称为“朱缂”。

缂丝是中国传统丝织工艺品种之一,流行于隋唐,繁盛于宋代,历史悠久。其织法是以生丝为经,以熟丝为纬,先将预定的图案纹样以墨线勾稿,画在经线面上,然后用几只乃至几十只装有不同色纬的小梭,依照纹样的轮廓和色彩以小梭、拨子等工具,用平戗、搭梭、环缂、掼缂、绕、勾边线等多种技法,将多种彩色纬丝分段缂织,按图稿所示与经线交织,形成“通经断纬”(亦称“通经回纬”)。织物表面只显彩色的纬纹和单色的地纬,正反两面花纹和色彩一致。

北宋及之前的缂丝主要用于佛像幡帐、贵族服饰、书画装裱的包首,如《紫鸾鹊谱》(图2.38,辽宁省博物馆藏)由穿梭在花叶之间的禽鸟对称分布组成,同一色块作平涂,

图 2.37　朱克柔《山茶蛱蝶图》
年代：南宋
工艺：缂丝
尺寸：纵 25.6 厘米，横 25.3 厘米
藏地：辽宁省博物馆

图 2.38 《紫鸾鹊谱》

图 2.39 林椿《果熟来禽图》

无色彩渐进的变化，极具装饰性，适宜用于服装的修饰。北宋时以河北定州所制缂丝最佳。到南宋以后，随着政治中心的南移，江浙一带成为缂丝主要产地。缂丝也从实用装饰的功能走向独立艺术赏析，着力于对名家绘画的模仿，形成了书画织物化或织物书画化的倾向，涌现出一批缂丝名匠，其中以朱克柔和沈子蕃最为突出。他们二人均以绘画作品作为缂丝的底稿，亦缂织出落款、钤印，色彩高雅古朴，与绘画无异且更具立体感，不仅受到时人追捧，更被后世缂丝艺人奉为圭臬。

《山茶蛱蝶图》用多种技法完整地再现了原画的精神：使用合花线表现自然的和色效果，花萼用长短戗织出层次。山茶叶子正面的深绿、背部的浅绿、被虫蛀边缘的焦黄，这些微妙的细枝末节都被朱克柔悉数缂织出来且晕色自如。该作将叶子虫蛀的痕迹亦真实表现出来的手法与稍晚的孝宗时期画院画家林椿（图 2.39）的画法一致。由此可知，南宋画院状物精微的写实手法不仅体现在绘画作品上，亦体现在依绘画为蓝本进行创作的缂丝作品上。朱克柔传世代表作品还有《缂丝莲塘乳鸭图》（上海博物馆藏）、《缂丝牡丹》（辽宁省博物馆藏）等，均古澹清雅、细致精巧，运丝如运笔。

插科打诨：佚名《眼药酸图》

宋杂剧在中国戏曲史中绝对占有浓墨重彩的一笔，当时汴梁、临安等大都市的勾栏瓦肆之间上演着一出又一出精彩的剧目。除了文人笔记小说中的文字记载，宋墓壁画、砖雕、绢本画等视觉艺术也传递给后人更直观的记录。故宫博物院藏有两页杂剧人物图，一幅就是此篇将要介绍的《眼药酸图》（图 2.40），另一幅是与其经常同场出现的《打花鼓图》。

《眼药酸图》中绘两位男性：左边那位头戴高冠，身着大袖长袍，衣服、帽子、挎包上尽是眉眼的图案，正伸出拇指与食指向对面的人展示，好似在辩答；右边那位作市井打扮，以巾裹发而束之，着圆领小袖长衣，束腰带，腰带上别着一把中分为二的扇子，扇上写着一字“诨”，此人左、右手臂上皆有刺青，左手握一板子，右手正指向自己的眼睛。

戏剧理论家周贻白（1900—1977）考证认为此幅册页描绘的是南宋官本杂剧中的“眼药酸”，学界颇为认同。周密（1232—约 1298）《武林旧事》卷十《官本杂剧段数》中就收录有“眼药酸”，是当时诸杂大小院本名目之一。杂剧题目中加“酸”，多是嘲弄落魄秀才一类。陶宗仪（1316—1403 后）《南村辍耕录》卷二十五《院本名目》中就记载有“眼药酸”“合房酸”“别离酸”“哭贫酸”等。图中立有一架小鼓，可见此种演出应该是集说唱与诙谐滑稽的动作表演为一体的综合艺术。右边之人扇子上的“诨”字

图 2.40 佚名《眼药酸图》
年代：南宋
材质：绢本设色
尺寸：纵 23.8 厘米，横 24.5 厘米
藏地：故宫博物院

图 2.41　宝宁寺水陆画第五十七“往古九流百家诸士艺术众”

显然是要给观众点明表演者所饰演的是插科打诨、装傻卖丑的角色。

虽说《眼药酸图》反映的是舞台之上的表演，但是亦能大概反映出宋代眼医及市井小民的现实装扮。《东京梦华录》卷五“民俗”条记载：“卖药卖卦，皆具冠带……其士农工商诸行百户衣装，各有本色，不敢越外。”由此可见，在宋代，各行各业人士都有属于自己的独特装扮。而这种装扮对后世影响深远，譬如明代山西右玉宝宁寺水陆画第五十七“往古九流百家诸士艺术众”（图 2.41）中着深色圆领长袍者，巾冠、袍、挎包上亦都是眼睛的图案，象征医生这一职业，而袒露上身、刺青花臂者显然为杂剧表演者（从其周围人持乐器、画脸谱等细节辨识）。

东京梦华：张择端《清明上河图》

如果穿越回北宋都城汴梁（今开封市）只能选取两件物品携带，那么“花落”孟元老所撰《东京梦华录》与张择端所绘《清明上河图》（图 2.42）的可能性想必最高。前者追述了北宋汴梁时期各个阶层“吃喝玩乐”的方方面面；后者算得上是中国人最耳熟能详的古代绘画作品，在巨幅长卷上严谨细致地描绘了昔日汴梁内外的风光与世相百态。在没有照相机、摄像机、航拍器的古代社会，拥有这两件宝贝，您就如同掌握了当时世界上人口最多、商业最繁华城市的“大众点评”与“GPS 导航”，为餐饮住店、都市时尚、民俗消遣等活动提供“360 度”的指南。

张择端以全景式构图、鸟瞰式视角描绘汴梁内外、汴河两岸世俗的街景，又拉近镜头特写式地描绘那些时代特色之物，招幌上的文字、摊点上的陈设货物、漕船上所摆祭祀之贡品这些细枝末节都被他细致地勾勒出来。

《清明上河图》映照并“还原”了《东京梦华录》中记录的细节，冷漠的铅字仿佛一个个立起来、拼凑成了可视的图像，譬如：书中记载北宋人清明时节奔赴郊外扫墓时，会在乘坐的轿辇上插柳枝，这在《清明上河图》卷首处便开宗明义，在王家纸马铺子你能够知晓北宋人上坟祭祀时所用纸扎的模样；装点大型酒店门首的“彩楼欢门”与“栀子灯”在孙羊店门口都被一一描绘出来……画卷一点点向左打开，我们也不断移步换景，

图 2.42　张择端《清明上河图》
年代：北宋
材质：绢本淡设色
尺寸：纵 24.8 厘米，横 528 厘米
藏地：故宫博物院

不仅能欣赏到鳞次栉比的商铺，甚至仿佛能够听到虹桥上卖饮子商贩的叫卖声、勾栏瓦肆中侃侃而谈的说书声与叫好声。

有人曾经挨个数过，《清明上河图》中共描摹有 587 位人物，涵盖各个阶层、各色人等，人们从其装扮及出行的交通工具便不难分辨出身份。图中人物虽如豆般大小，却连表情都刻画得很到位。城外趴在土墙上瞄景的孩童，繁华街道上背着行箧的僧人、坐轿的贵族妇人、以便面掩面的骑马文士，大小酒肆内惬意用餐的汉子们，城楼下牵引驼队的胡商，汴河漕船上南来北往拉货的船家，虹桥上练摊儿的小贩儿与买货的男女老少……熙熙攘攘，车水马龙，好不热闹！

宋朝商品经济繁荣，物阜民丰，出现了表现民众生活场景的风俗画，如李嵩的《货郎图》、苏汉臣的《秋庭戏婴图》，李唐笔下的《炙艾图》等。但只有张择端笔下的汴河两岸，虽被压缩在 5 米多长的绢上，却似乎凝结了整个时代的市井烟火气。后世观画者可以丝毫不费劲地进入到画中的世界，说出他所看到的内容。

北宋之后，每个朝代都出现了同名摹本，但大多是披着“《清明上河图》的外衣”，以同款长卷的形制，描绘着画家各自生活的朝代最为繁华都市的面貌，尤其以明朝中晚期表现苏州城的居多。《清明上河图》也从最初歌颂北宋政治清明或描摹清明时节汴京城内外的风俗画逐渐演变为城市旅游的纪念品，远播各方。

颠狂社舞呈：佚名《大傩图》

《大傩图》（图 2.43）不作任何背景描绘，单纯刻画了 12 位装扮奇特的人物形象，每位人物从服装到配饰都极其丰富，信息量极大。

他们衣着色彩亮丽、图案丰富，戴着各式的帽子，帽子的式样毫不重复，除了巾、冠、斗笠之外，还有人戴着斗、箩筐、簸箕这样的农家生活器具，上边插着花枝、闹蛾。他们手中或身上配有鼓、铃、檀板等乐器，或扇子、帚把等用具，或花枝、瓜等植物，甚至还有乌龟、蛤蟆、贝类等动物。

12 位人物的面部刻画得亦是与众不同，多人眼睛呈碧色，多人面部涂以墨色的波点形或蝌蚪形，突出鼻、唇具“兽形”的特点。画面中唯一的女性不仅是明显的“兔唇”，脖颈处还生一大瘤……对此，有学者推测所有人的面部都化了妆，也可能是佩戴的假面具。

关于这幅画作的主旨内容，学界观点不一，有学者认为它表现的就是传统的驱除疠疫的民间习俗——傩，加入众多农具说明这种古老的习俗在宋代除了驱除邪祟之外，还有祈求丰收的意味，同时它也是一种民间娱乐活动。也有学者提出此图展示的并非大傩，而是立春节令中的迎春歌舞。[1] 还有学者认为该图描绘的是江南近水乡村以迎春祈晴为

[1] 孙景琛：《〈大傩图〉名实辨》，《文物》1982 年第 3 期，第 70 页。

图 2.43 佚名《大傩图》
年代：宋
材质：绢本设色
尺寸：纵 67.4 厘米，横 59.2 厘米
藏地：故宫博物院

图 2.44 《大傩图》中老者巾帽上所插闹蛾

主要目的的村田社火。[2]

宋人笔记小说中记载元夕到上元节时，民间流行戴珠翠、闹蛾、灯球等饰物，图中击鼓老者巾帽上所插即是闹蛾（图 2.44），此外，亦有其他几位巾帽上饰以彩绘或佩戴闹蛾者。《武林旧事》中记载元夕时“内人及小黄门百余，皆巾裹翠蛾，效街坊清乐傀儡，缭绕于灯月之下”。范成大《上元纪吴下节物俳谐体三十二韵》“轻薄行歌过，颠狂社舞呈”，民间鼓乐谓之社火，大抵以滑稽取笑。从节令佩戴及人物手舞足蹈的姿态、欢乐愉悦的气氛来看，《大傩图》更像是上元节时的社火表演。

画家对人物的肌肉、须发都描摹得很细致，设色清艳，部分区域以金粉入色来凸显表现之物的质感，人物的衣纹作折芦描或钉头鼠尾描，爽利之余更能衬托人物的动感态势。表现此题材的画作在传世作品中所见不多，这幅作品的确算得上是一件精彩绝伦的宋代风俗画。

[2] 麻国钧：《〈大傩图〉综合论说》，《中国音乐学》2012 年第 2 期，第 106 页。

妙手回春：李唐《灸艾图》

《清明上河图》接近尾声处描绘了太医赵太丞家（图 2.45），其门前竖有两大立招——“大理中丸医肠胃冷”“治酒所伤真方集香丸”，介绍其特色丸药。不同于繁华的城镇开设有固定的药房医馆，有大夫坐堂看诊，乡野间患病的村民们通常等待走方郎中带着丸散膏丹的到来。李唐《灸艾图》（图 2.46）为我们留下了宋代乡间以艾灸结合膏药治病疗伤的生动场面。

画面中，村口的柳荫下、小桥旁，一位驼背的郎中坐在小凳子上正聚精会神地给背生脓疮的患者疗疾，郎中腰系药囊，捋起双臂，左手摁着患者，右手持刀具剜破脓疮，左边巾帕上还插着这个简朴的“手术”过程中会用到的器械。患者左边背部顶着两坨燃烧的艾锥，艾锥熏灼皮肤的刺激与锋利刀具剜切之痛使得患者背部肌肉绷紧、声嘶力竭地嚎喊，似乎身体上的每一个细胞都在诉说自己多么地疼痛难挨。他旁边三人合力，通过拽胳膊、摁肩膀、踩住腿才能控制住他，保证郎中的继续治疗。拽胳膊者满脸写满了同情；摁肩膀的妇人既想观摩治疗，又不忍直视，只能睁一只眼斜探，纠结诙谐；踩腿者更为胆小，被这样的场面吓到蜷缩在他人背后。只有郎中身后的徒弟见惯了这样的场面，淡定沉着地拿着膏药哈气，待脓流尽后，为患者敷以膏药。画家熟谙每位人物的心理，惟妙惟肖地将他们的表情、动作付诸绢上，为我们展示了生动形象的乡间治病场景。

图 2.45　张择端《清明上河图》中描绘的太医赵太丞家

画中人物衣服上打着补丁，遒劲锋利的钉头鼠尾描表现出衣纹线条的细碎短促，塑造出劳动人民穷苦的生活状态。徒弟腰插膏药图案的招幌，脚下的背包中露出几个包子，二人走街串巷的繁忙与途中餐饮的辛苦呼之欲出。画中人物栩栩如生的表情与妥帖的装备等诸多小细节都彰显出画家细致的观察与丰富的体验。

的确，李唐虽在徽宗年间已入画院；但是“靖康之变”后，他被掳至山西，放还后，辗转至临安，流落街头，以卖画为生；绍兴年间才经举荐再次入宫，任画院待诏。流落民间时的亲眼所见与亲身经历赋予李唐更加丰富细腻的创作表现。李唐是一位全能型画家，山水、花鸟、人物、畜兽皆擅长，在南宋画院中起到承前启后的作用，获得极高的声誉，与刘松年、马远、夏圭并称为“南宋四家”。后世山水画的边角构图及斧劈皴的技法都直接受李唐的影响。《灸艾图》中人物造型准确生动，须发根根分明，以重笔浓墨表现柳树老硬的枝干，以浓淡有别的汁绿展现微风拂叶的婆娑，都显现出李唐技艺的精湛。

其实，艾灸不仅在宋代民间应用广泛，皇家、士大夫们亦常用此法疗疾。《宋史·太祖纪》中记载：“太宗尝病亟，帝往视之，亲为灼艾。太宗觉痛，帝亦取艾自灸。”欧阳修在给他的学生焦千之的书信《灼艾帖》中亦提到此法。

图 2.46 李唐《灸艾图》
年代：南宋
材质：绢本设色
尺寸：纵 63.8 厘米，横 58.7 厘米
藏地：台北故宫博物院

幽幽其芳：郑思肖《墨兰图》

1279年崖山海战，宋军战败，宣告南宋彻底灭亡，家国倾覆对于当时的南宋子民无异于晴天霹雳。生活于元初的南宋遗民只能借助诗文、绘画来表现痛失国土的愤懑。文天祥《过零丁洋》“山河破碎风飘絮，身世浮沉雨打萍”诗句反映出由宋入元后人们的真实心境，“人生自古谁无死，留取丹心照汗青”的慨叹不知能引起多少南宋遗民心中的共鸣。郑思肖（1241—1318）的《墨兰图》（图2.47）则以更为含蓄巧妙的方式传递出遗民对故国的思念和不屈元朝的气节。

郑思肖本是福建人，后居苏州。“思肖”并非其本名，是他在南宋灭亡后所改，乃“思赵（趙）”之义，以表达对赵宋江山的留恋；其字忆翁，号所南，皆是其“思赵”的引申。据说，入元后的郑思肖坐卧必背朝北，面朝南，每遇祭祀，必到郊野向南哭拜。南宋已亡四年后（1283），他仍在其著《心史》封条上书“大宋孤臣郑思肖百拜封”，其怀念故国的浓烈程度可见一斑。

《墨兰图》是郑思肖唯一存世画作，虽然画幅较小，且仅绘一株兰草浮动于天地间，疏花简叶，但是仔细观察就会发现，不管是对兰草形象的刻画，还是落款的设计、题诗的内容，都体现出画家

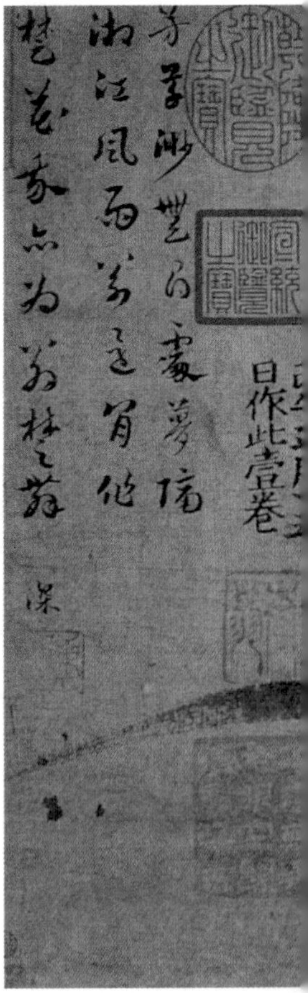

图 2.47 郑思肖《墨兰图》
年代：南宋
尺寸：纵 25.7 厘米，横 42.4 厘米
材质：纸本墨笔
藏地：日本大阪市立美术馆

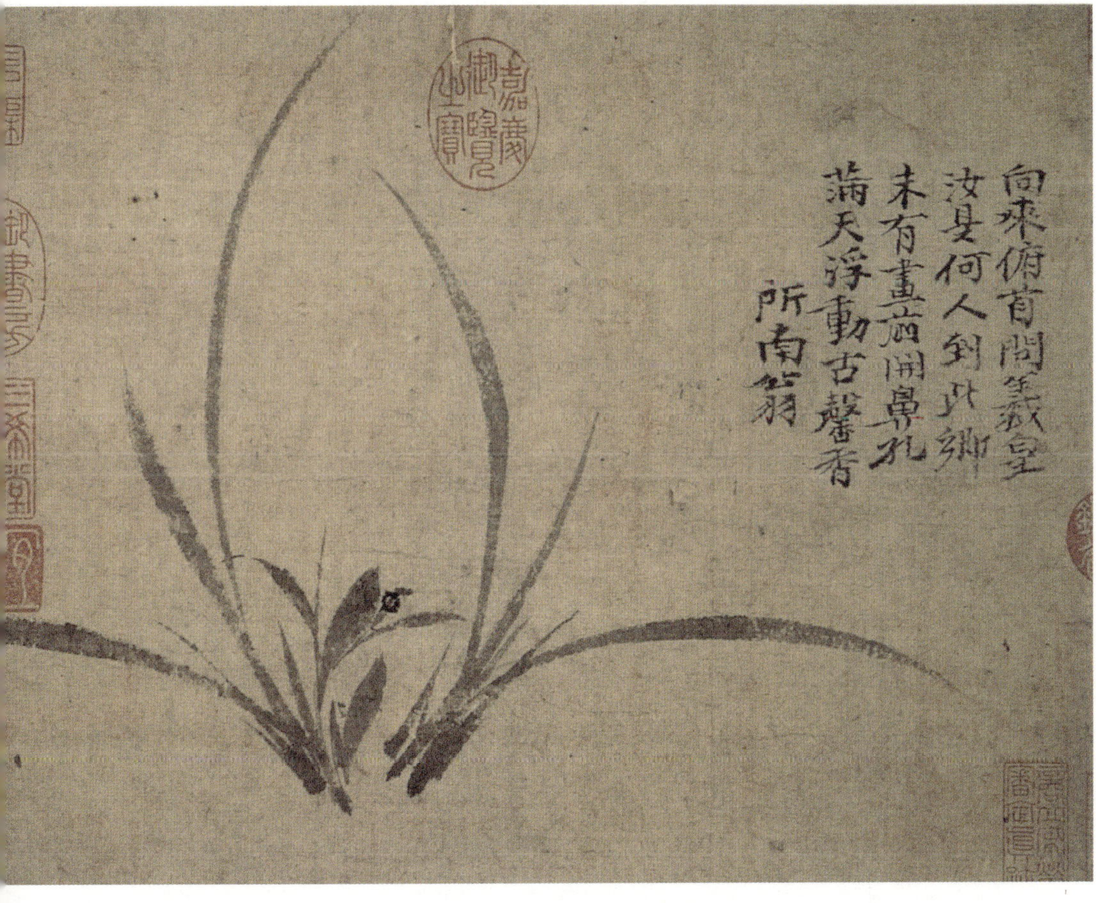

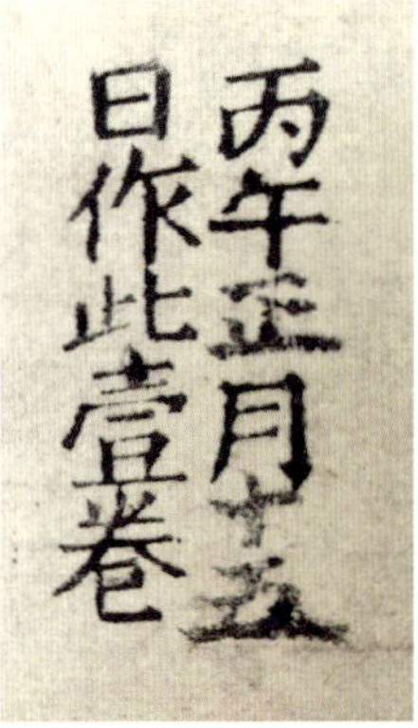

图 2.48　郑思肖落款

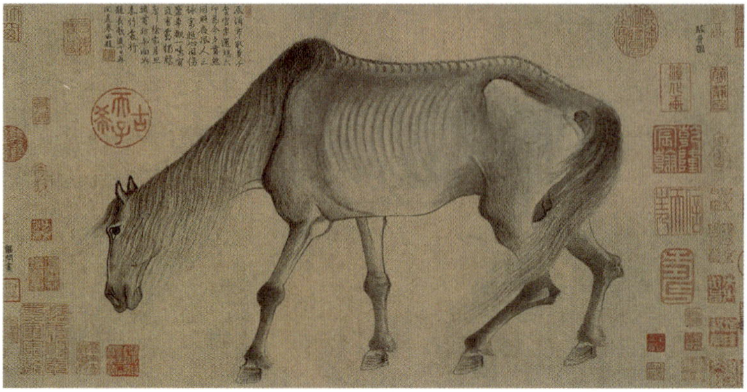

图 2.49　龚开《骏骨图》

的巧思布局，一如其对个人字、号的更改。

“墨兰”并非郑思肖的独创，早在南宋初，墨兰、墨竹、墨梅就已经成为流行的画题，赵宋宗室子弟赵孟坚更是以绘墨兰著称。不同于赵孟坚笔下兰草的舒展飘逸，郑思肖所绘兰草疏离于其自然生长状态，数片兰叶几乎呈镜像对称分布，外围的几对叶子呈倒“八”形向外翻，中间最高处的叶子如同括号包裹起最中心处的兰花与花蕾，画家似乎在尽力守护这样的平衡。另外，郑思肖画兰不画土，直露其根，他解释说是因为土为番人（指元人）所夺去，不忍画出，这充满了政治隐喻。

《墨兰图》左侧作者落款“丙午（1306）正月十五日作此一卷”，右侧题诗“向来俯首问羲皇，汝是何人到此乡。未有画前开鼻孔，满天浮动古馨香”。不同于题诗字迹的随意，落款（图 2.48）字体除了“正”“十五”三个表明具体日期的数字是手写之外，其他字笔画粗细、墨色皆一致，因此有学者认为这是郑思肖专门制作的落款章，为的是更便捷地批量生产画作。[1] 这也可备一说。落款为正月十五，乃元宵节，音同“元消”，结合题画诗中“汝是何人到此乡”的诘问，我们依旧可见郑思肖对元朝统治的憎恶与不满。也或许郑思肖所画墨兰的受画人大都是与其有着一样心境的南宋遗民。

除了郑思肖，遗民画家龚开亦拿起画笔，他用水墨塑造出头戴蒙古头盔的小鬼（《中山出游图》美国弗利尔美术馆藏）、瘦骨嶙峋的骏马（图 2.49，日本大阪市立美术馆藏）等来反抗元朝的统治，表达内心深处的愤世之情。

[1] 黄小峰：《遗民的经济头脑：郑思肖〈墨兰图〉》，《中华遗产》，2013 年第 7 期，第 151 页。

第三章

士大夫的朋友圈

两宋时期偃武修文，书院的兴盛与印刷术的发展都促进了教育的普及，宋廷通过科举制度大量取士，多元化出身的士大夫阶层兴起，使当时社会出现了庞大的文官官僚体系，他们不仅是博洽多闻的学者，同时也是励精图治、革故鼎新的政治家。皇帝“与士大夫治天下”，君臣联手推动变法革新运动。只是，当时改革理念与政治立场产生歧义也造成了士大夫间党同伐异的斗争，这在一定程度上加速了北宋走向覆亡之路。

“菊残犹有傲霜枝”，即便身处贬谪的荒蛮之地，士大夫们在任期间依旧大力推动地方教化、优化公共基础设施建设、关怀乡里民众，促进了基层社会结构的发展与完善。与此同时，他们留下诸多优秀的文学作品、信札书帖、有趣逸事，这些被困苦激发出的文艺潜能与“不以物喜，不以己悲”的乐观豁达精神都是士大夫们为后世留下的宝贵遗产。

受到儒家学说熏陶但并未做官的士人则深入民间，知识、思想、文化、信仰由其“携带”着从上至下地传播；他们“志于道，据于德，依于仁，游于艺”，重塑社会，使得宋代在一定程度上成为“传统中国”的典范。

政治生活之外，士人在面对日常生活与精神世界时独有创见，在各方面躬身实践，创造了属于他们这个阶层新的美学原则。

读书博古、抚琴焚香、斗茶品茗、吟诗诵词、赏石造园、临池题壁、挥毫作画、宴饮雅集、布置书斋、陈设几案……士大夫们在诸般闲事间托情寄意，在炉烟袅袅间享清旷之乐，在怡情养性间引领时尚风气。从其与友人来往的书信中，我们能清楚地见识到士人们对笔、墨、纸（如蔡襄《澄心堂帖》）、砚（如抄手式端砚）、镇纸、笔架（如米芾《珊瑚帖》）这些书斋文房以及杯、盏、茶器（如苏轼《新岁展庆帖》）这些日常用具的极致讲究，他们不仅提出细致入微的要求，甚至还时常亲自参与设计。

士大夫们追求精神层面多元化的文艺生活与高雅别致的品味情趣不仅波及至宫廷、方外，同时也下沉至市井，形成风潮，更影响了后世文人，奠定了中国士人风雅之基调。

以欧阳修、苏轼、文同、李公麟、米芾、王诜、黄庭坚为代表的士大夫，不仅为文人画倡导之先驱，其书风、画风、提出的艺术创作与品评理论、艺术鉴藏活动与标准更成为后来文人遵循之典范。他们在理论上对文人画提出了要求，在实践上做出了表率。从此，以纸、墨为媒介作画为新潮，以个人生活经验记录与情感表达为抒发窗口，以墨竹（如文同《墨竹图》）、“四君子”、“岁寒三友”等寄情寓兴的主题以及朴素高雅的白描技法为风尚，以不求形似、信笔为之、聊以自娱的“墨戏”作为风向标，以“诗画一律”为创作宗旨，以“平淡天真、不装巧趣”作为追求，中国的绘画发展由此进入到了新的阶段。

那么，我们便主要从士大夫们的书画作为切入点，走近他们的精神世界，了解他们的日常喜好，欣赏他们的书风意态，读懂他们的悲欢离合，贴近与他们的距离，看他们各具风流！

大音希声：“金钟”琴

此张“金钟”琴（图3.1），仲尼式，通体黑漆，牛毛断，葛布地鹿角灰胎。胶合紧密，挖膛颇浅。长方池沼，凤舌镶嵌。蚌徽余四枚，护轸伤缺。紫檀岳尾，紫檀足粘实无法取下。琴扁薄，底板两边微向上稍有圆意，额底略有减薄。琴背铭刻，原均贴金，今脱落将尽。龙池上方刻小篆“金钟”琴名，池左右刻隶书琴铭“闲邪纳正，导德宣情”（图3.2），龙池下方刻草书“宣和殿”，又九叠文“御书之宝”大印（图3.3）。宣和殿于宋哲宗绍圣二年（1095）建成，至徽宗宣和元年（1119）改名“保和殿”，计存在24年。此琴亦当是这期间所制，应为徽宗时的“官琴”。[1]

宋人风雅好古，喜欢抚琴，也喜欢收藏名琴，更有甚者对制琴也颇有研究。北宋宫廷历来有收古琴之传统，徽宗朝时最为盛行，当时藏琴处被称为“万琴堂”，可以想见其收藏之富。有学者考证，《听琴图》中弹琴者即为宋徽宗本人，画中之琴与本文所述“金钟”琴虽不是同一张，但皆为仲尼式。

古琴以梧桐木为材，赵希鹄在《洞天清禄集·古琴辨》中就提到桐木选择的应注意事项及原因，“桐木不宜太松，桐木太松而理疏，琴声多泛而虚。宜择紧实而纹理条条如丝线、

[1] 参照故宫博物院数据https://www.dpm.org.cn/collection/music/233239.html，最后访问时间为2020年3月25日。

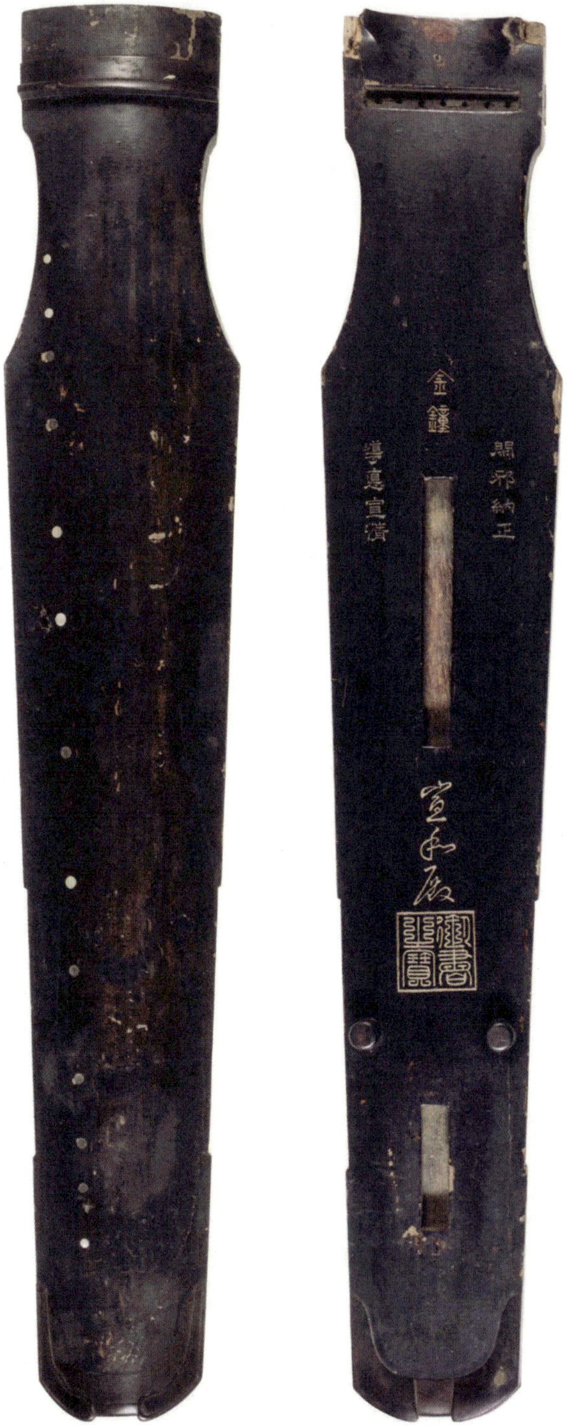

图 3.1　“金钟”琴
年代：北宋
尺寸：通长 115.7 厘米，隐间 107.9 厘米，额宽 16.4 厘米，肩宽 19.6 厘米，尾宽 13.6 厘米，厚 4.8 厘米
藏地：故宫博物院

图 3.2 “金钟”琴琴铭“闲邪纳正，导德宣情”

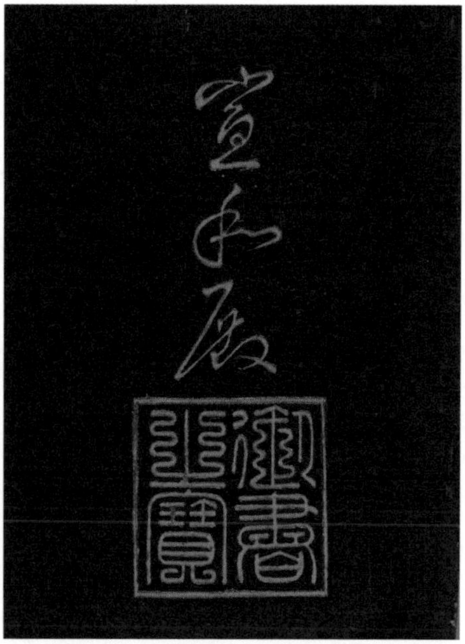

图 3.3 “金钟”琴龙池下方刻草书“宣和殿”和九叠文“御书之宝”大印

密条达不邪曲者，此十分良材。亦以不掬入为奇”。赵希鹄对制琴择材研究如此之深，必定是位爱琴至深之人。

竹林七贤中的嵇康擅鼓琴，他在《琴赋》中说：“众器之中，琴德最优。”《宋史·乐志》对琴律的文化意义有所解析：“赜天地之和者莫如乐，畅乐之趣者莫如琴。八音以丝为君，丝以琴为君。众器之中，琴德最优。《白虎通》曰：‘琴者，禁止于邪，以正人心也。’宜众乐皆为琴之臣妾。”琴可以“闲邪纳正，导德宣情”，抚琴时对周遭环境自是有所要求的，需明窗净几，需焚香供花，需弹给知己听，若没有知己，弹给清风明月亦可。

太平之气郁然见于楮毫间：蔡襄《澄心堂纸帖》

蔡襄，字君谟，福建仙游人。北宋天圣八年（1030）进士，官至端明殿学士。擅诗文，工书法。蔡襄对王羲之、王献之、虞世南、颜真卿的墨迹都有过认真的临摹和深入研究，被认为是书法正统的继承者。其大楷《万安桥记》明显能体现出受到颜真卿的影响，顿挫明显，浑厚有力，有庙堂之气；而尺牍书札则是“二王”书风，秀丽俊逸，如《澄心堂纸帖》（图 3.4）。

释文：澄心堂纸一幅。阔狭、厚薄、坚实皆类此，乃佳。工者不愿为。又恐不能为之。试与厚直，莫得之。见其楮细，似可作也。便人只求百幅。癸卯重阳日。襄书。

宋代的士大夫极尽风雅之能事，对待笔墨纸砚各有讲究。此帖讲的就是蔡襄请人制作或搜寻澄心堂纸时需要提供的样板，尺寸、厚薄、密度等都按其提供的才是佳选。澄心堂纸是徽州地区所产的名纸，自五代南唐流行以来，因其“肤如卵膜，坚洁如玉，细薄光润”的特点，备受后世珍视。据说北宋大画家李公麟“作画多不设色，独用澄心堂纸为之”。

《澄心堂纸帖》署款“癸卯”（1063），时蔡襄年 52 岁，是其晚年代表作；帖本书体似楷书，又略掺入行书之笔法，整幅作品端庄工致，结体、字距、行间宽

图 3.4　蔡襄《澄心堂纸帖》
年代：北宋
材质：纸本墨笔
尺寸：纵 24.7 厘米，横 27.1 厘米
藏地：台北故宫博物院

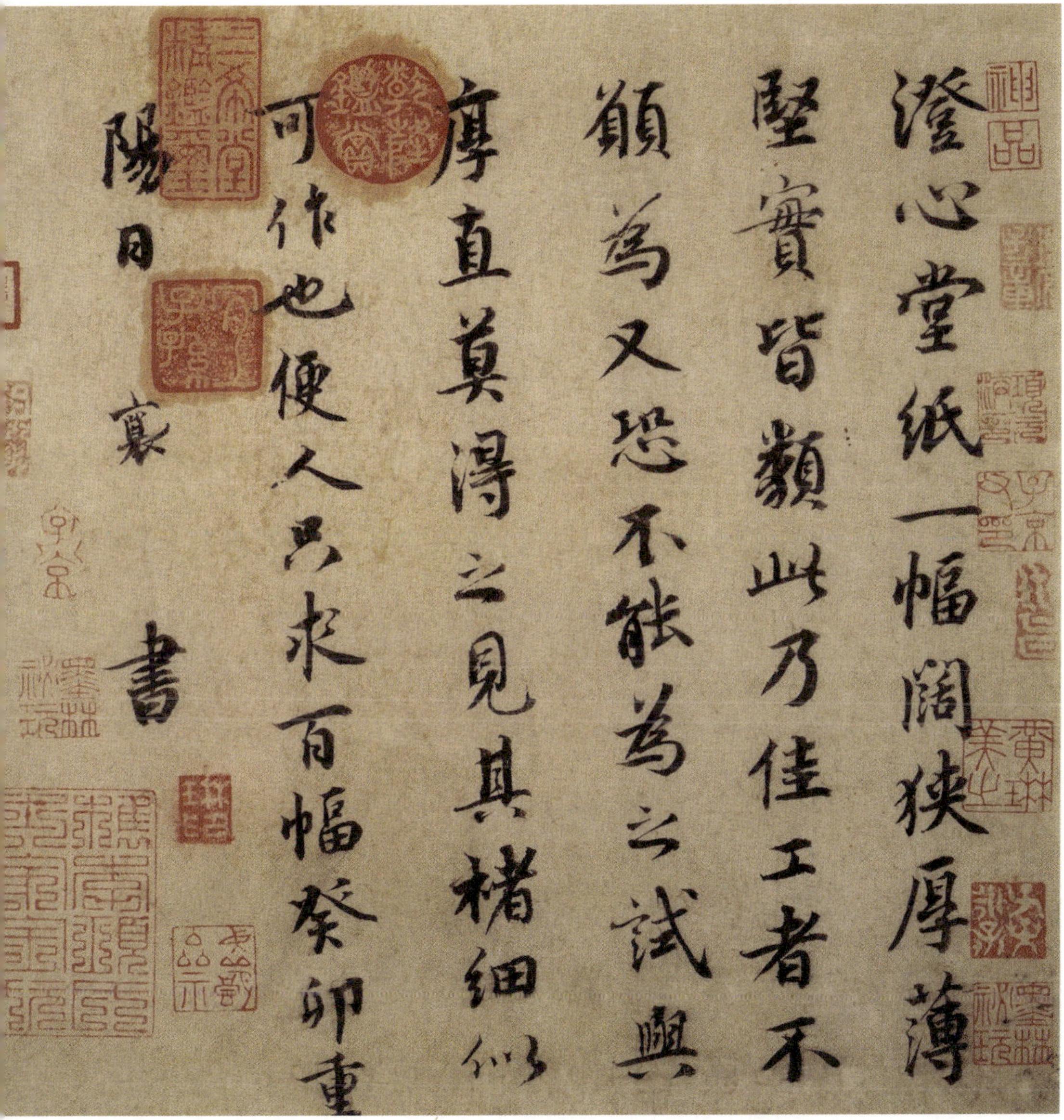

图 3.5　（传）赵佶《听琴图》

紧合适，墨色匀静，笔法又饶有变化，不难看出书者对笔墨有极强的控制力。蔡襄的书法讲究结构，运笔严谨，很少有像黄庭坚那样的“长枪大戟”，也没有苏轼、米芾那般放纵恣意之笔。因此，米芾评价蔡襄书法特点“如少年女子，体态娇娆，行步缓慢，多饰繁华”，是一种和平蕴藉、端庄婉丽的风格，有自己的独特风貌。因此，蔡襄与苏轼、黄庭坚、米芾并称“宋四家”，简称“苏黄米蔡”。

也有人认为“苏黄米蔡”的“蔡”原指蔡京（图 3.5，《听琴图》题款，故宫博物院藏），但因为他是宋徽宗朝的奸臣，故后人改为了蔡襄。此说不可信。其实，蔡襄的书法在宋朝时就备受推崇，苏轼、欧阳修都推其书为“本朝第一”或“天下第一”，如苏轼评蔡襄：“君谟书天资既高，积学深至，心手相应，变态无穷，遂为本朝第一。”蔡襄在“宋四家”中最年长，他更多地保留了晋唐书家的正统风貌，而苏、黄、米三人则自出其意，对后世影响更为深远。

《澄心堂纸帖》写于北宋嘉祐八年（1063），这一年处于蔡襄政治生涯的重要阶段中。这年的三月二十九日，宋朝在位时间最长（41 年）的皇帝仁宗赵祯（1010—1063）溘然长逝，享年 54 岁。其统治时期以“仁政”著称，史称“仁宗盛治”。宋仁宗在位期间，知人善用，励志变革，经济繁荣，文化兴盛，与辽、西夏关系相对稳定。宋仁宗去世时，消息传至塞北之地，辽道宗耶律洪基深感悲痛，言“四十二年不识兵革矣”。仁宗驾崩后，赵宗实（1032—1067，后改名赵曙）继位，是为宋英宗。蔡襄在英宗继位后被任命为三司使，负责国家财政，他撰写了《国论要目》，提出了一系列改革主张，试图解决北宋财政“积贫”的问题。然而，这些改革建议未被英宗采纳，反而导致他被夺去三司使的职位。而在 1063 年之前，蔡襄在地方任职期间，尤其在泉州知府任上（1054—1063），主持修建了著名的洛阳桥，解决了当地交通不便的难题，极大地方便了老百姓的出行。

蔡襄虽然在政治上遭遇波折，但他依然在践行士大夫“为天地立心，为生民立命，为往圣继绝学，为万世开太平”的理想，从未间断过为国家和百姓谋取福祉的事业。

我们在《澄心堂纸帖》中看不见君谟在宦海浮沉中的喜怒哀乐，它留给我们的只有一位正直的士人对所爱纸张的纯粹考究与期待……

意足我自足：米芾行书《珊瑚帖》

《珊瑚帖》（图 3.6）应是米芾写给友人，炫耀其最近收藏境况的一封书信，或是记录其收藏“进账”的单子。新进宝贝有三种：两件六朝时期的画，其中一幅是大师张僧繇[1]的《天王图》，另有珊瑚一枝。或许因过于兴奋，米芾随即提笔画出了珊瑚的模样，哦！原来珊瑚已被或即将被安插在金座之上，成为桌案上的笔架。尚未过瘾！米芾旋即又作诗一首，畅抒其胸臆。因此，此帖是集米芾诗、书、画为一体的绝妙之作。

米芾（1051—1108），初名黻，后改芾，字元章，号襄阳漫士、海岳外史。祖籍山西太原，后迁至湖北襄阳，晚年定居江苏镇江。在神宗年间以恩荫入仕，历任地方官。徽宗时为太常博士，后任书画学博士，擢礼部员外郎，人称“米南宫”。

米芾酷爱收藏魏晋时期的法书名画（斋号“宝晋斋”），其书法亦从魏晋时期书法大家王羲之、王献之而来，后又博采众长，自成风格。米芾，其用笔变化多端，有“八面出锋”之誉，其书结体欹侧多姿，具真率自然之趣，受到同时代和后人极高的评价，黄庭坚曰：“余尝评米元章书，如快剑斫阵，强弩射千里，所当穿彻，书家笔势亦穷于此。”在《珊瑚帖》中，我们几乎找不到相同的两根线条，每一根线条的浓淡粗细都不同，

[1] 张僧繇为萧梁时期的著名画家，主要活动于6世纪上半期，以创作佛寺壁画为主，后人称其“笔才一二，象已应焉”，所创艺术风格被称作“张家样”。

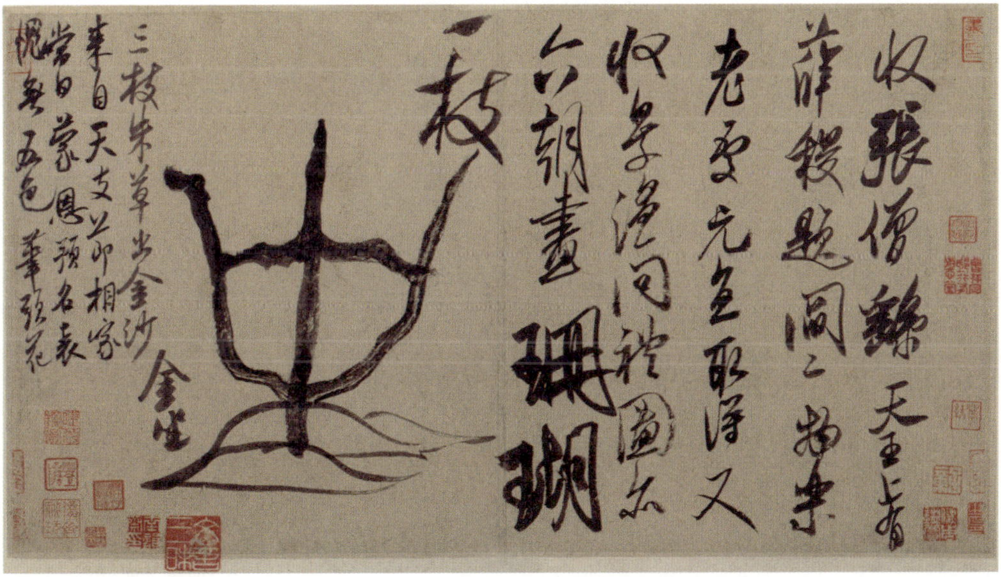

图 3.6　米芾《珊瑚帖》
年代：北宋
材质：纸本墨色
尺寸：纵 26.6 厘米，横 47.1 厘米
藏地：故宫博物院

灵动多变，瘦劲有力。

书如其人。米芾的确是一位善变、有才、让人捉摸不透的“神秘男子”。在书法圈，他与苏轼、黄庭坚、蔡襄并列“宋四家”；在绘画圈，他擅长水墨山水，“多以烟云掩映树木，不取工细”，与其子米友仁共同创造了“米家山水”。我们在前文中就通过《潇湘奇观图》见识到了米氏云山的空蒙灵动。在文玩界，他不仅擅长鉴定古器、书画，还著有《画史》《书史》，提出了“无李论”等影响至今的学术观点。但同时，他又十分狡黠，借友人藏品进行书画作伪，以假乱真。他甚至偶尔搞搞模仿秀，穿着唐代的服装，戴着唐人的巾帽；他有洁癖，却又在奇丑的巨石前拱手参拜，与之称兄道弟。米芾曾言“意足我自足，放笔一戏空”，这既可作为他书风的象征，又是其人生的写照。

释文：

收张僧繇《天王》，上有薛稷题。阎二物，乐老处元直取得。又收景温《问礼图》，亦六朝画。珊瑚一枝。

三枝朱草出金沙，来自天支节相家。

当日蒙恩预名表，愧无五色笔头花。

传经有研田：抄手式端砚

北宋何薳著《春渚纪闻》卷七《米元章遭遇》记载了一则令人捧腹的趣事，故事的“主角”除了个性的士大夫米芾之外，还有文艺皇帝宋徽宗及一方端砚。有一日，宋徽宗与大臣蔡京在艮岳讨论书法，兴之所至，就喊来米芾，令其在一座大屏风上挥毫。米芾用笔蘸取御案上端砚中之墨，书写完成后，立即手捧此砚跪在徽宗面前，说此方砚台已经被臣下“污染”了，不好意思再进呈陛下啊。徽宗大笑，知道米芾有收藏砚台的癖好，便将端砚赐予他。尽管端砚中的余墨沾染了米芾的袍袖，可新收佳砚，足以让他兴奋地手舞足蹈，他叩首谢恩、携砚退下。

端砚究竟有何魅力，使得堂堂的书学博士不禁“巧言令色”地来争取，并在其著作《砚史》中重点着墨辨识？出产于唐代初期端州（今广东省肇庆市）东郊的端溪的端砚，与甘肃洮砚、安徽歙砚、山西澄泥砚并称“中国四大名砚”。据说，用端砚研墨时，墨不滞，发墨快，研出之墨汁细滑，书写流畅不损毫，字迹颜色经久不变。北宋时兴起了进贡端砚的时风，同时也产生了一些与端砚有关的故事。除了刚才提到的米芾求赐端砚一事，还有民间流传甚广的包拯“岁满不持一砚归”等故事，都反映出宋人对端砚的喜爱。

古人“视死如生”，在生前尽财力、物力求购端砚还想象自己在黄泉下还能用上心仪的砚台，写出浩瀚文章，嘱托家人死后也要将其带入墓穴之中，。诸多发掘的宋墓中

图 3.7　抄手式端砚
年代：南宋
尺寸：长 17.8 厘米，宽 10.6 厘米，前高 6.2 厘米，后高 5.9 厘米
出土地点：浙江诸暨陶朱山桃花岭淳熙八年武氏墓
藏地：诸暨市博物馆

都出土有端砚，譬如浙江诸暨陶朱山桃花岭淳熙八年（1181）武氏墓出土的抄手砚。此件抄手式长方形端砚（图 3.7），三面侧壁砚墙高厚而底端无堵，砚背深斜向下；砚堂宽平，首端墨池窄如“一”字；池额中央的棱边有半圆形柱侵入池心，上刻有小圆圈，内阴刻网格纹。砚色青紫，质地细润，制作工整，线条流畅。

长方形抄手砚是宋代砚台形制中的主流，它将砚的底部按一定规格凿空，形成前低后高的空间，前端和两侧留边相连，三边条形成砚足，平整着地，手可从后部插入，便于拿放。此种形制的砚台据说从唐代的箕形砚演变而来，亦有苏东坡设计创造一说。抄手砚造型简洁庄重，使用起来顺手方便，故世代流行。

除了抄手砚，宋代还流行风字形砚、七星砚、荷叶形砚等多种造型的砚台，对元、明、清乃至当下的制砚有极为重要的影响，而这期间，文人们是在选择，更是在引领。

不改其乐：苏轼《新岁展庆帖》

两宋时期文人的艺术活动不仅限于翰墨丹青，更延伸到文化生活的方方面面，包括藏书、金石博古、茶道、香道、园林设计、赏石、古琴等。大文豪苏东坡就有许多与茶、茶具相关的令人津津乐道的故事，他的诸多诗词也都透露出其对茶和茶具的研究，譬如：《试院煎茶》中提出了以石铫煮茶，“且学公家作茗饮，砖炉石铫行相随”；《次韵周禾童惠石铫》则赞誉了以石铫煮茶隔热性能好、稳固性强等诸多优点，“铜腥铁涩不宜泉，爱此苍然深且宽。蟹眼翻波汤已作，龙头拒火柄犹寒。姜新盐少茶初熟，水渍云蒸藓未干。自古函牛多折足，要知无脚是轻安”；《次韵黄夷仲茶磨》则提出好的茶磨应“佳者出自衡山窟”。由此可见，东坡居士对茶具的质地、产地等都颇为考究。

苏东坡谪居黄州期间，时常与好友陈慥（字季常，“河东狮吼”的男主人公）书信往来。《新岁展庆帖》（图 3.8）与《人来得书帖》皆是苏写给陈的信札，因极具历史价值与审美价值，被后世收藏者合裱为一卷。其中《新岁展庆帖》写于北宋元丰四年（1081）大年初二那天，苏轼重点交代了陈季常一件与茶具相关的事情。

原来，苏轼得知陈季常收藏有一副福建的木茶臼与茶椎，甚是喜欢，就修书向其借来，让铜匠参照其样式再打造一套。后来可能觉得“铜腥铁涩不宜泉”，铜器的金属味道毕竟影响茶之味，终究不过瘾，就又交代季常，倘若有人正好去福建了，还是请他再买副

《新岁展庆帖》释文：

轼启：新岁未获展庆，祝颂无穷，稍晴，起居何如？数日起造必有涯，何日果可入城？昨日得公择书，过上元乃行，计月末间到此，公亦以此时来，如何？如何？窃计上元起造，尚未毕工，轼亦自不出，无缘奉陪夜游也。沙枋画笼，旦夕附陈隆船去次，今先附扶劣膏去。此中有一铸铜匠，欲借所收建州木茶臼子并椎，试令依样造看。兼适有闽中人便，或令看过，因往彼买一副也。乞暂付去人，专爱护便纳上。余寒，更乞保重，冗中恕不谨，轼再拜。季常先生丈阁下。正月二日。

子由亦曾言，方子明者，他亦不甚怪也。得非柳中舍已到家言之乎？未及奉慰疏，且告伸意，伸意。柳丈昨得书，人还，即奉谢次。知壁画已坏了，不须快怅。但顿着润笔新屋下，不愁无好画也。

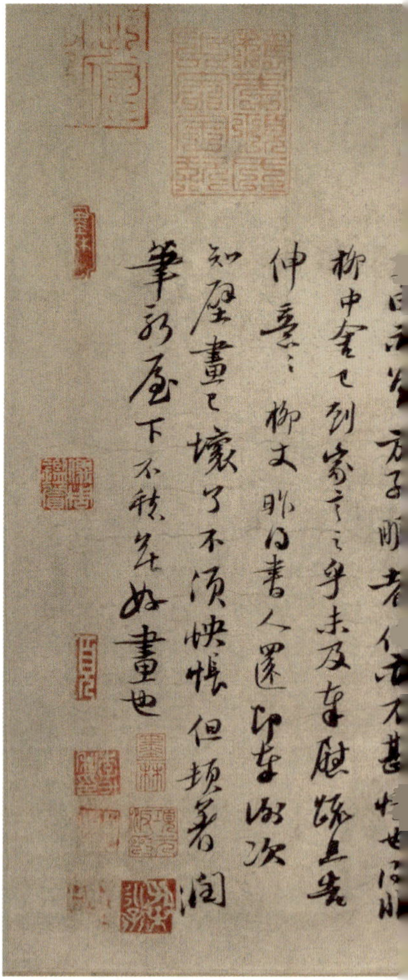

图 3.8　苏轼《新岁展庆帖》
年代：北宋
材质：纸本
尺寸：纵 30.2 厘米，横 48.8 厘米
藏地：故宫博物院

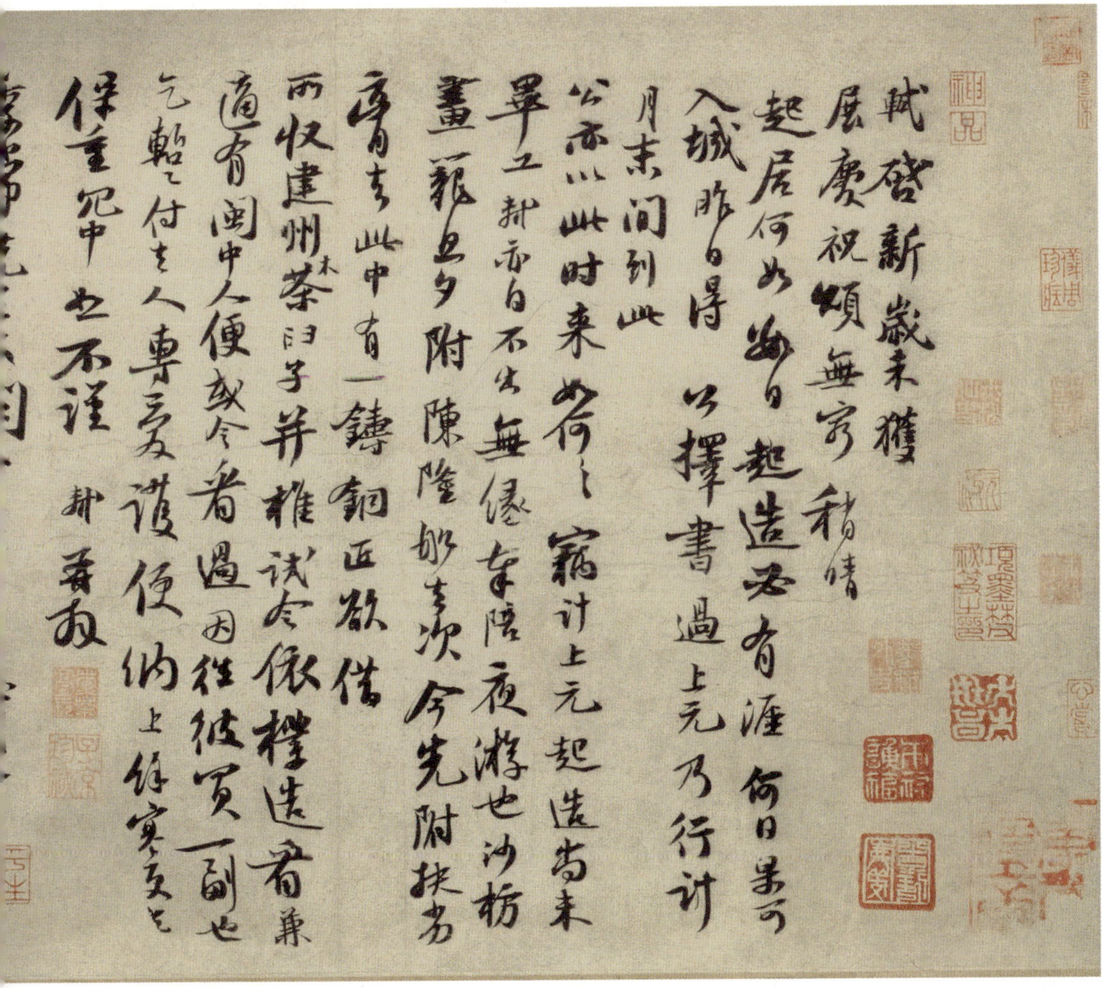

图 3.9 周季常 林庭珪《五百罗汉图·备茶》局部

一样的来吧。

煮茶要用石铫，茶磨要用衡山的石头制作，连茶臼都要选择福建的木质……如此考究，怕是苏轼朋友圈的共通习性吧，不信您看秦观（1049—1100）《茶臼》中亦提出要用木质的茶臼，“幽人耽茗饮，刳木事捣撞。巧制合臼形，雅音侔柷椌。灵室困亭午，松然明鼎窗。呼奴碎圆月，搔首闻铮鏦。茶仙赖君得，睡魔资尔降。所宜玉兔捣，不必力士扛。愿偕黄金碾，自比百玉缸。彼美制作妙，俗物难与双”。日本大德寺藏南宋周季常、林庭珪《五百罗汉图·备茶》（图 3.9）中茶碾旁的茶臼似为木质，可供参考。

《新岁展庆帖》是苏轼写给亲密友人商讨生活乐事的，书写状态十分放松自然，但每个字劲媚秀逸，骨劲肉丰，整体疏朗俊秀，是苏轼由早年书步入中年书的佳作，被岳飞之孙岳珂（1183—约 1242）盛赞为“如繁星丽天，照映千古”。

其实，书写此帖时，距离苏轼因“乌台诗案”被贬至黄州也只有一年多之久，宦海之失意、狱中之折磨、生活之困顿在东坡居士豁达超脱的人生态度面前似乎早已云消雾散，留下的只有传颂千古的不朽诗篇与人书俱老的墨宝法帖。

面对着苏轼九百多年前写下的《新岁展庆帖》，对他所言“小舟从此逝，江海寄余生”当有更直观的理解 .....

花气熏人欲破禅：黄庭坚《诸上座帖》

黄庭坚（1045—1105），字鲁直，号山谷道人，又号涪翁，洪州分宁（今江西省修水县）人。北宋治平四年（1067）举进士，以校书郎为《神宗实录》检讨官，后擢升起居舍人、秘书丞、国史编修官。后以修实录不实之罪，遭受贬谪。黄庭坚与张耒、晁补之、秦观俱学于苏轼门下，被称为“苏门四学士”；长于诗文，开创江西诗派，有《山谷集》行世。

作为北宋四大书家之一的黄庭坚擅长各种书体，尤以行书、草书见长。《诸上座帖》（图 3.10）是山谷草书代表作，是其为友人李任道所录写的五代金陵僧人文益的《语录》。全文系佛家禅语，草书大卷，精彩绝伦。在《语录》后，黄氏又作 13 行大字行楷书自题，交代书写原委。《诸上座帖》一卷书法兼备二体，是了解黄庭坚书风的不二之选。根据傅申推测，此卷系黄庭坚书于 1100 年之作[1]，是其晚年杰作。

公元 1100 年是北宋元符三年。这一年的正月，宋哲宗赵煦驾崩，皇太后向氏（1046—1101）与大臣商议，拥立端王赵佶为帝，即我们熟知的“教主道君皇帝”宋徽宗。徽宗即位后，向太后以皇太后身份权同处分军国事，起用了一批被罢黜的元祐旧臣。此年秋季，苏轼遇赦北归。黄庭坚亦被再次起用，为监鄂州税，随后又被任命为签书宁国军判

[1] 傅申：《黄庭坚〈砥柱铭〉墨迹卷的确认——附论书法鉴定问题》，《傅申书画鉴定与艺术史十二讲》，浙江大学出版社，2017 年，第 171 页。

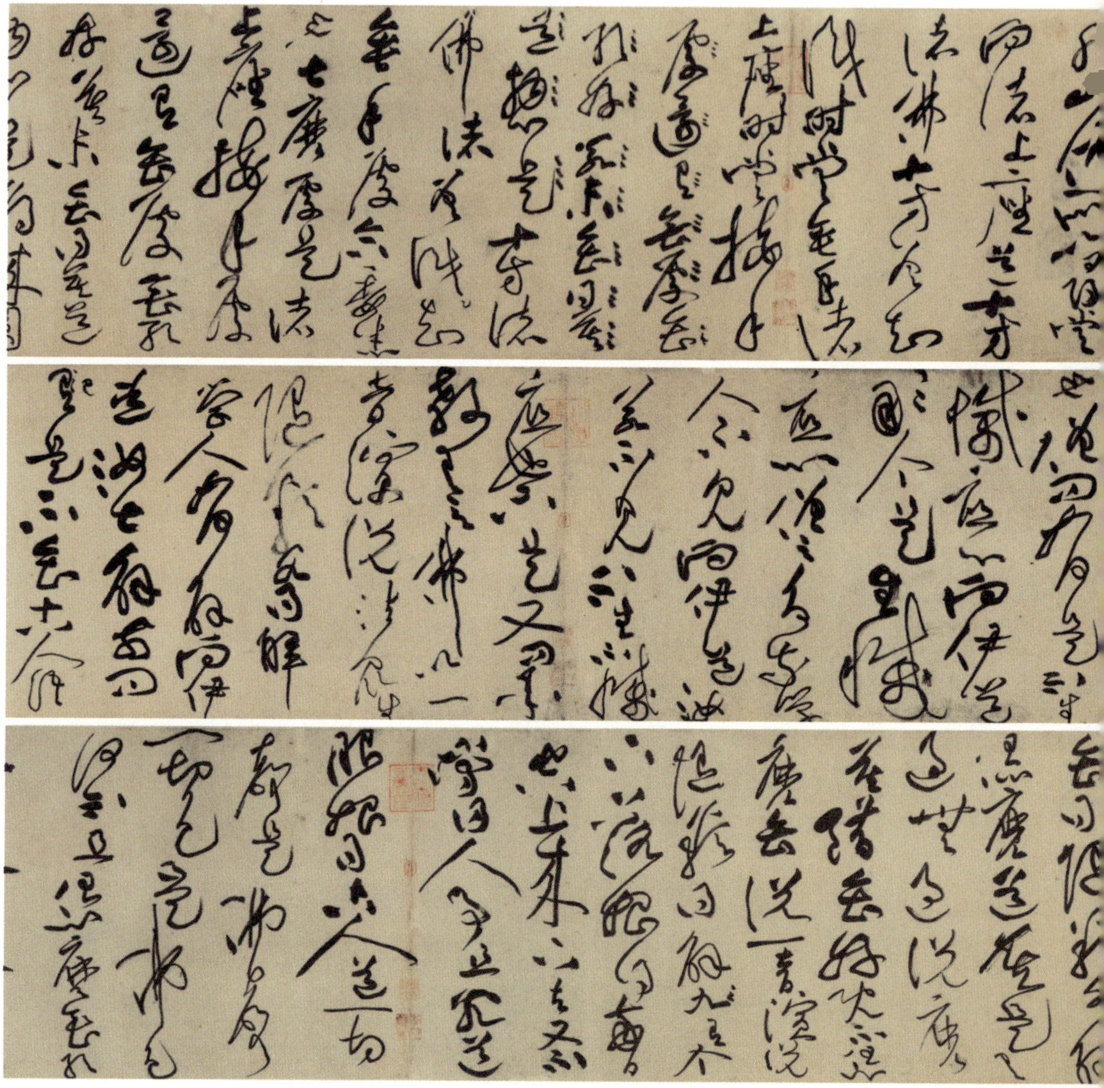

图 3.10　黄庭坚《诸上座帖》
年代：北宋
材质：纸本
尺寸：纵 33 厘米，横 729.5 厘米
藏地：故宫博物院

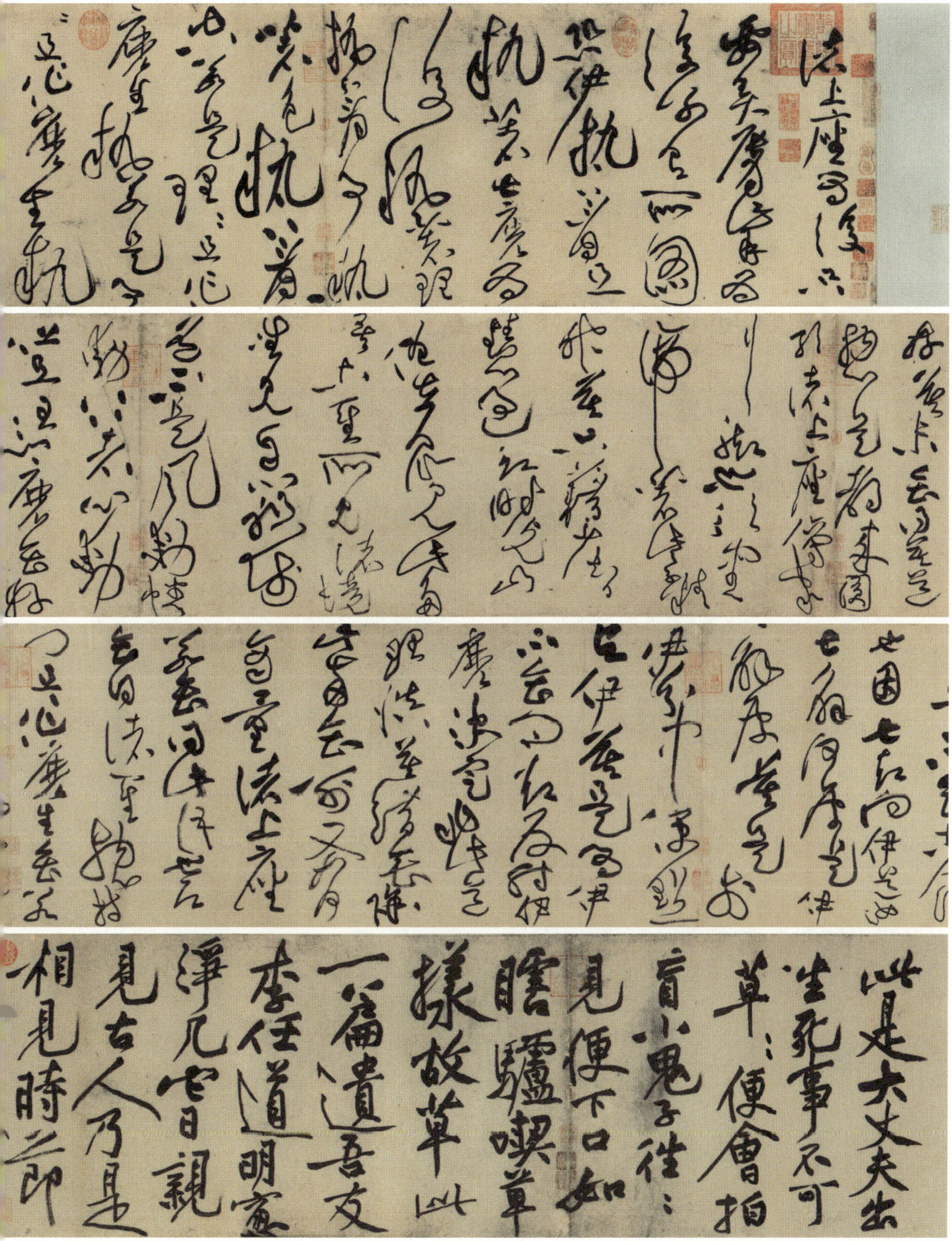

图 3.11　江苏镇江焦山公园《瘗鹤铭》原石局部

官、舒州知州，以及吏部员外郎。然而，黄庭坚并未接受这些官职，而是请求担任郡官。而后，黄庭坚又被任命为太平州知州，但仅上任九天就被罢免，随后主管玉龙观。总之，黄庭坚在 1100 年前后经历了短暂的复官与辞官，终因政治斗争再次被贬，并最终于崇宁四年（1105）客死远离家乡及政治中心的遥远宜州（今隶属于广西壮族自治区河池市）。如若我们不翻阅史籍，在《诸上座帖》中便看不见这波诡云谲的政治风云，只能看到一位精进稳熟的书法家如持金刚杵般在行云流水的纸墨间纵横驰骋。

黄庭坚在《书草老杜诗后与黄斌老》云："予学草书三十余年，初以周越为师，故二十年抖擞，俗气不脱。晚得苏才翁子美书，观之，乃得古人笔意。其后又得张长史、僧怀素、高闲墨迹，乃窥笔法之妙。"我们从《诸上座帖》中便可见其学唐代怀素、五代杨凝式的草书笔法，笔意纵横，笔势多变化而有法度，其笔画省简连绵，常一笔数字，隔行之间气势不断，"借上字之终，而为下字之始"，一次蘸墨而书多字，全卷形成浓淡交错之势，如音符般跳跃有序。自题的行楷书结字内紧外松，撇、捺开张，沉着有力，可明显体现出其受到南朝石刻《瘗鹤铭》（图 3.11）的影响。

黄庭坚与苏轼二人关系极好，时而互相戏谑。苏轼之字结体扁肥、向右上倾斜，黄庭坚调侃其书风如"石压蛤蟆"。苏轼也不示弱，反讽黄庭坚书风是"死蛇挂树"，戏说黄庭坚的书法中宫收得过紧。这两种比喻其实与二人的执笔方式密不可分。苏轼习惯浓墨侧握笔（类似如今我们拿钢笔的手势）书写；而黄庭坚执笔与运腕很特别，他习惯采用高执笔（远离笔毫），悬腕在空中自然抖动。这两种不同的执笔方式使落笔轻重缓急不同，产生的艺术效果自是不同。

《诸上座帖》释文：

诸上座为复只要弄唇嘴，为复别有所图，恐伊执着，且执着甚么，为复执着理，执着事，执着色，执着空，若是理，理且作么生执，若是事，事且作么生执，着色，着空亦然，山僧所以寻尝向诸上座道，十方诸佛，十方善知识时尝垂手，诸上座时尝接手（以下点去十六字），十方诸佛诸善知识垂手处合委悉也，甚么处是诸上座接手处，还有会处会取好，莫未会得，莫道揔是都来圆取，诸上座傍家行脚，也须审谛着些子精神，莫只藉少智慧，过却时光，山僧在众见此多矣，古圣所见诸境，唯见自心，祖师道，不是风动幡动，风动幡动者心动，但且恁么会好，别无亲于亲处也，僧问，如何是不生灭底心，向伊道，那个是生灭底心，僧云，争奈学人不见，向伊道，汝若不见，不生不灭底也不是，又问，承教有言，佛以一音演说法。众生随类各得解，学人如何解，向伊道，汝甚解前问已是不会古人语也，因甚，却向伊道，汝甚解，何处是伊解处。莫是于伊分中，便点与伊，莫是为伊不会问，却反射伊么，决定非此道理，慎莫错会，除此两会，别又如何商量，诸上座若会得此语也，即会得诸圣揔持门，且作么生会，若会得一音演说，不会得随类各解，恁么道莫是有过无过，说么莫错会好，既不恁么会说一音演说，随类得解，有个下落，始得每日空上来下去，又不当得人事，且究道眼始得，古人道，一切声是佛声，一切色是佛色，何不且恁么会取。

此是大丈夫出生死事，不可草草便会。拍盲小鬼子往往见便下口，如瞎驴吃草样，故草此一篇，遗吾友李任道，明窗净几，它日亲见古人，乃是相见时节，山谷老人书。

醉中戏书：张即之《双松图歌》

南宋的临安城连绵数日降雨，屋内湿霉难耐，张即之与友人临窗对酌，酒劲儿渐起，看着屋外槐树在雨水的冲刷下愈发苍翠欲滴，枝干如游龙戏舞，如同杜甫《双松图诗》中描绘的那般。见状，张即之立即拿出纸墨，趁着微醺的亢奋，一书为快！于是便有了我们现在看到的这件擘窠大字作品《双松图歌》（图 3.12）。

张即之 (1186—1263)，字温夫，号樗寮，历阳（今安徽和县）人。参知政事张孝伯子，以父恩授承务郎，官至司农寺丞，授直秘阁。张即之以擅书名世，学米芾而参用欧阳询、褚遂良的体势笔法，喜作擘窠大字。今存墨迹多见两类：一类为大字书写古人诗句，如此幅《双松图歌》及《书杜诗卷》（图 3.13，辽宁省博物馆藏）等；另一类为中楷书经卷，如《佛遗教经卷》（图 3.14，故宫博物院藏）、《金刚般若波罗蜜经》（日本京都智积院藏）等。

张即之写《双松图歌》时，已 72 岁，在古代已算年迈之人，但是作品全卷神完气足，劲健雄肆，且时见险怪之态，沉着老辣，充满了喷发之势，作者书写时酣畅淋漓的笔势及气息扑面而来！

张即之喜用秃笔，书法结体平稳内敛，笔法峭拔劲健，大字中时见飞白，笔画粗细于一字之中甚为悬殊，有着鲜明的个性色彩，与宋人书写注重发挥个人意趣的时代特征

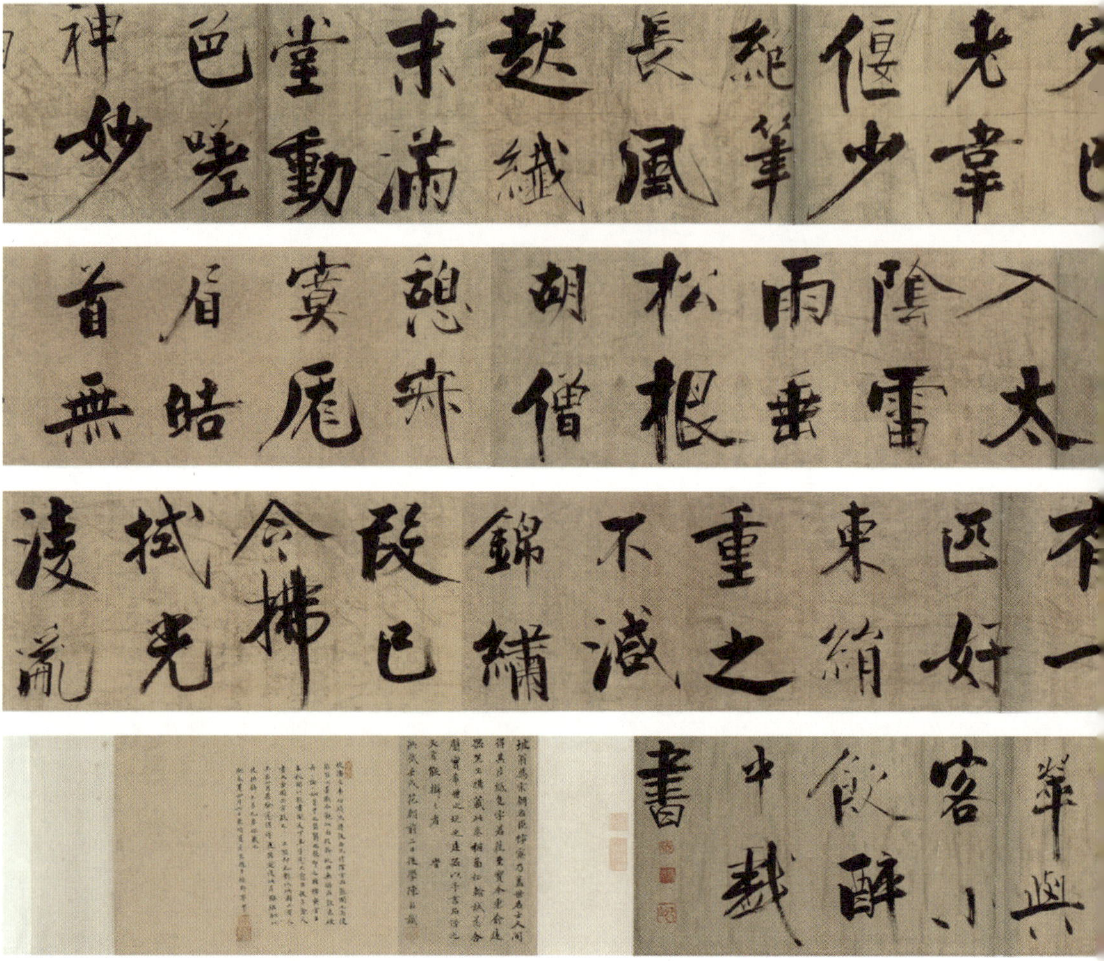

图 3.12　张即之《双松图歌》
年代：南宋
材质：纸本
尺寸：纵 33．8 厘米，横 1196 厘米
藏地：故宫博物院

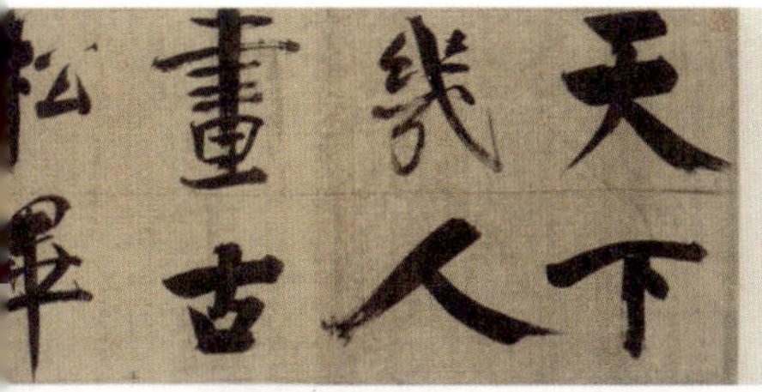

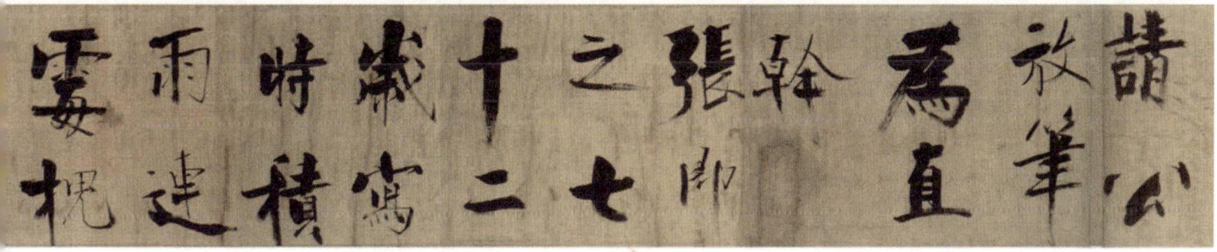

释文：

天下几人画古松，毕宏已老韦偃少。绝笔长风起纤末，满堂动色嗟神妙。两株惨裂苔藓皮，屈铁交错回高枝。白摧朽骨龙虎死，黑入太阴雷雨垂。松根胡僧憩寂寞，庞眉皓首无住著。偏袒右肩露双脚，叶里松子僧前落。韦侯韦侯数相见，我有一匹好东绢，重之不减锦绣段。已令拂拭光凌乱，请公放笔为直下。张即之七十二岁写，时积雨连霉，槐龙舞翠，与客小饮，醉中戏书。

图 3.13　张即之《书杜诗卷》局部

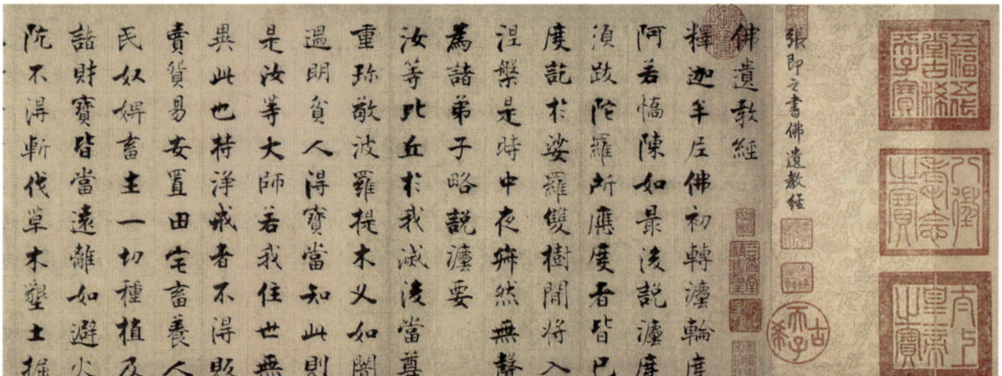

图 3.14　张即之《佛遗教经卷》局部

相契合。张即之名重四夷，不仅其书迹受到北方金人的爱重与效仿，而且他的书名在日本享誉至今。这归因于他与禅宗高僧无准师范及其法嗣西岩了慧的交往，以及无准师范的日本弟子圣一国师在日本建寺时向无准求书额字的渊源。这是中日交流史及书画史上的一段佳话。[1]

[1] 傅申：《张即之及其大字》，《文艺绍兴研讨会论文集》，台北故宫博物院，2010 年，第 290 页。

端正清雅：《文选五臣注》

南宋初年，临安府城小河贤福坊内街铺林立，猫儿桥河东岸有一姓钟的老汉开了一间纸马铺，主营祭祀用的纸品，同时也经营着刻书、卖书的营生。当年钟家刊刻的《文选五臣注》尚有两卷留存至今，为后人了解南宋初年杭州地区坊刻提供了实物资料。

《文选》由南朝梁萧统辑录，选南朝梁以前700余篇优秀的文学作品，是中国现存最早的文学总集。《文选五臣注》（图3.15）是唐代大臣吕延济、刘良、张铣、吕向、李周翰的合注本。此书半页12行，每行17字至19字不等；注文双行，每行27字；白口，左右双边；卷三十后书有“钱唐鲍洵书字”“杭州猫儿桥河东岸开笺纸马铺钟家印行”。此书采用欧体字风格，字体工整，镂刻精致，墨色莹润。南宋临安城中刻书几乎都采用欧体字，这其实是由于五代官方国子监刻本对当地书坊刻书的强烈影响。欧体字笔画瘦硬，结体严谨，早在五代时期就被采纳，作刊刻之用。

我国雕印版画，始于唐代佛画。佛画雕印入宋渐盛。北宋中叶，其题材扩大到世俗人物，中叶以后更出现山水内容。就类别言，最初多为佛经扉页图和单叶佛画，继而出现大幅挂轴和长款，然后又出现扇面、屏风、贴壁印纸和祛邪印纸以及篇幅较多的经卷插图。[1]

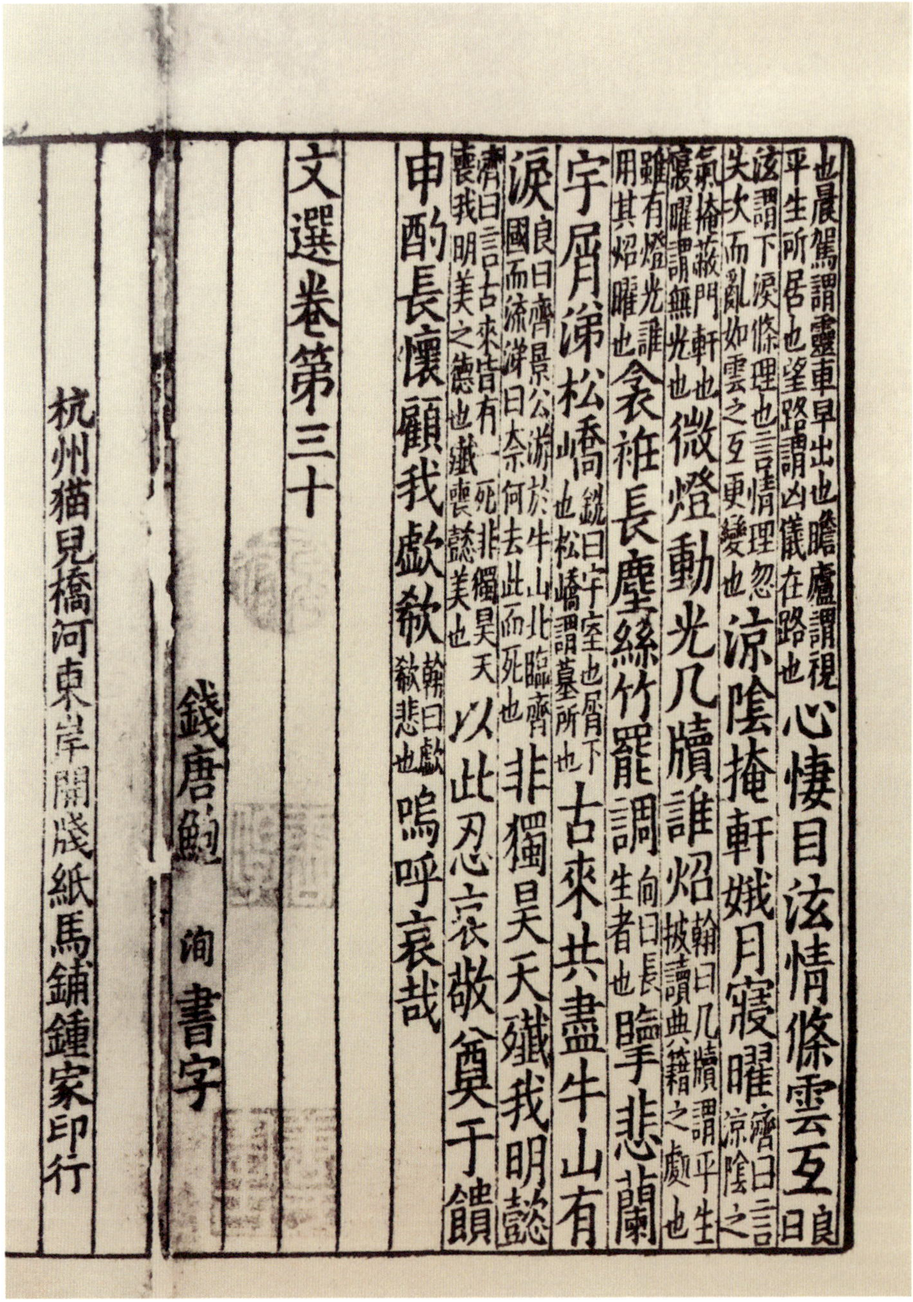
也晨駕謂靈車早出也瞻廬謂視平生所居也塗路謂凶儀在路也心悽目泫情條雲互良曰泫謂下淚條理也言情理忽失次而亂如雲之互更變也涼陰掩軒娥月寢曜濟曰言涼陰之氣掩蔽門軒也寢曜謂無光也微燈動光几牘誰炤翰曰几牘謂平生披讀典籍之處也雖有燈光誰用其炤曜也衾袵長塵絲竹罷調向曰長生者也擥悲蘭宇胥兮松嶠銑曰宇室也胥下也松嶠謂墓所也古來共盡牛山有淚良曰齊景公遊於牛山北臨齊國而流涕曰奈何去此而死也非獨昊天殲我明懿濟曰言古來皆有一死非獨昊天喪我明美之德也殲喪懿美也以此忍哀敬奠于饋申酌長懷顧我歔欷翰曰歔欷悲也嗚呼哀哉

文選卷第三十

錢唐鮑　洵書字

杭州猫兒橋河東岸開牋紙馬鋪鍾家印行

图 3.15　《文选五臣注》
年代：南宋初
尺寸：框高 18.4 厘米，宽 10.8 厘米
藏地：中国国家图书馆（卷三十）

北宋是雕版印刷急剧发展的时代。都城汴梁国子监、印经院等官府刊印书籍盛极一时；民间印造文字的迅速兴起，尤为引人注目。[2]

杭州自北宋以来便是两浙地区的雕印中心。北宋时都城汴梁官方刊刻之书多数送杭州雕版，再北运由国子监印行。北宋灭亡后，汴梁的一部分雕印手工业也迁来临安，临安遂成为当时全国雕印手工业最发达的地方。

雕版印刷至宋代已臻成熟，形成杭州、眉山、建阳、临汾等多个刻书中心。每个刻书中心在用纸用墨、字体选择、刊刻内容等方面各有不同，地域特征明显。譬如，建阳地区书坊编刊了许多应科场需要、日用百科全书之类的书籍，眉山地区书坊则编印了不少唐宋诗文集、总集和史籍。

陈寅恪先生曾说："华夏民族之文化，历数千载之演进，而造极于赵宋之世。"这与雕版印刷的发展带来刻书之盛密不可分。两宋时期，书籍刊印从经书到诗词文集、儿童蒙求书、天文地理、医书等，无不包罗。书籍质与量的双面提升对士人学问的精进大有裨益，朱弁（1085—1144）《曲洧旧闻》卷四记载黄庭坚曾在相国寺书摊获宋祁《唐史稿》一册，归而熟观之，自是文章日进。

至迟到明代，文人、收藏家、好事者就对宋版书充满了热爱与追捧，明代高濂在《遵生八笺》中对宋版书的评价可作为当时人们推崇的一个切片，"宋人之书，纸坚刻软，字画如写。格用单边，间多讳字。用墨稀薄，虽著水湿，燥无烟迹。开卷一种书香，自生异味"。

---

[1] 宿白：《北宋的版画》，收录于氏著《唐宋时期的雕版印刷》，生活·读书·新知三联书店，2020 年，第 89 页。
[2] 宿白：《北宋汴梁雕版印刷考略》，收录于氏著《唐宋时期的雕版印刷》，生活·读书·新知三联书店，2020 年，第 13 页。

图文并呈：宋伯仁《梅花喜神谱》

《梅花喜神谱》由南宋宋伯仁（1199—？）编绘，初刻于南宋嘉熙二年（1238），原刻本未见传世，现在我们看到的是南宋景定二年（1261）金华双桂堂的重镌本。“喜神”是宋代的俗语，意思就是写真、肖像。《梅花喜神谱》就是展示梅花各个样貌姿态的画谱。

《梅花喜神谱》共收录100幅图，分别展示“蓓蕾四枝，小蕊十六枝，大蕊八枝，欲开八枝，大开十四枝，烂漫二十八枝，欲谢十六枝，就实六枝”。每图基本上一枝一蕊，根据梅花低昂、俯仰、分合、卷舒等姿容情态的不同，宋伯仁为它们一一起了拟人化的标题（名字），并配上相应的诗文。图的名字从一个字到四个字不等，但每页上两幅图的名字相对应，如：图3.16上图所示的两枝，“木瓜心”与“孩儿面”，皆是采取比拟的手法；下图所示“橘中四皓”与“吴江三高”则皆是取自历史典故。

《梅花喜神谱》书版四周围以外粗内细的双栏。画谱的版心为白口，上下有一双顺鱼尾，上鱼尾下书卷数，下鱼尾下书页码。每页图版格式一致：一页两幅，每幅左二行刻五言诗一首，右上横列标题，标题下即为梅花图。此书以蝴蝶装（宋代很流行的书籍装帧方式）装裱，画面阳刻，以墨印成，正好表现出“墨梅”的艺术效果。

《梅花喜神谱》作为中国现存最早的木刻图籍，亦是中国最早的墨梅画谱，出现在南宋，与其时代潮流相一致。梅花铁骨冰心傲霜枝的形象备受世人喜爱，与松、竹合称“岁

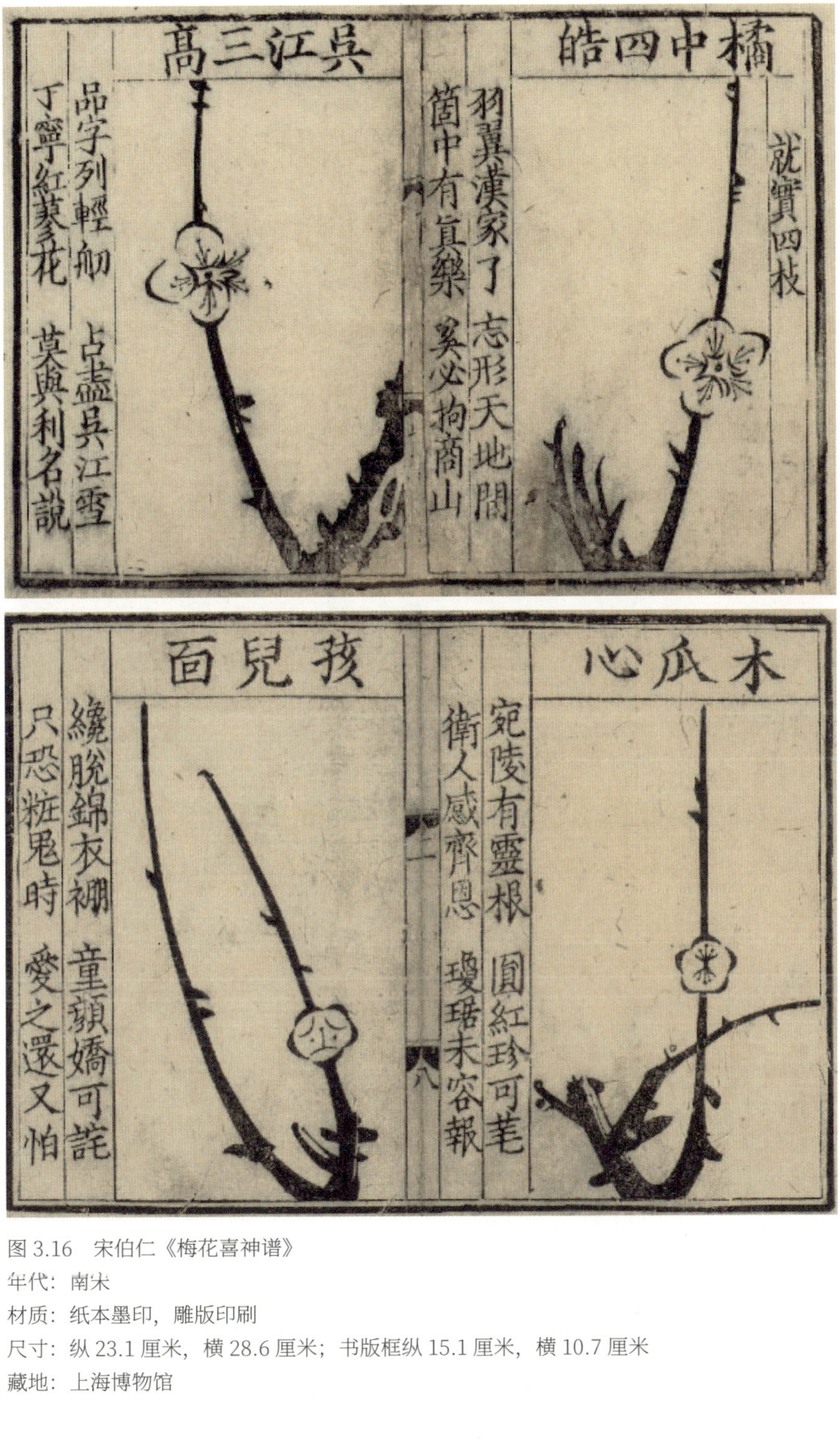

图 3.16　宋伯仁《梅花喜神谱》
年代：南宋
材质：纸本墨印，雕版印刷
尺寸：纵 23.1 厘米，横 28.6 厘米；书版框纵 15.1 厘米，横 10.7 厘米
藏地：上海博物馆

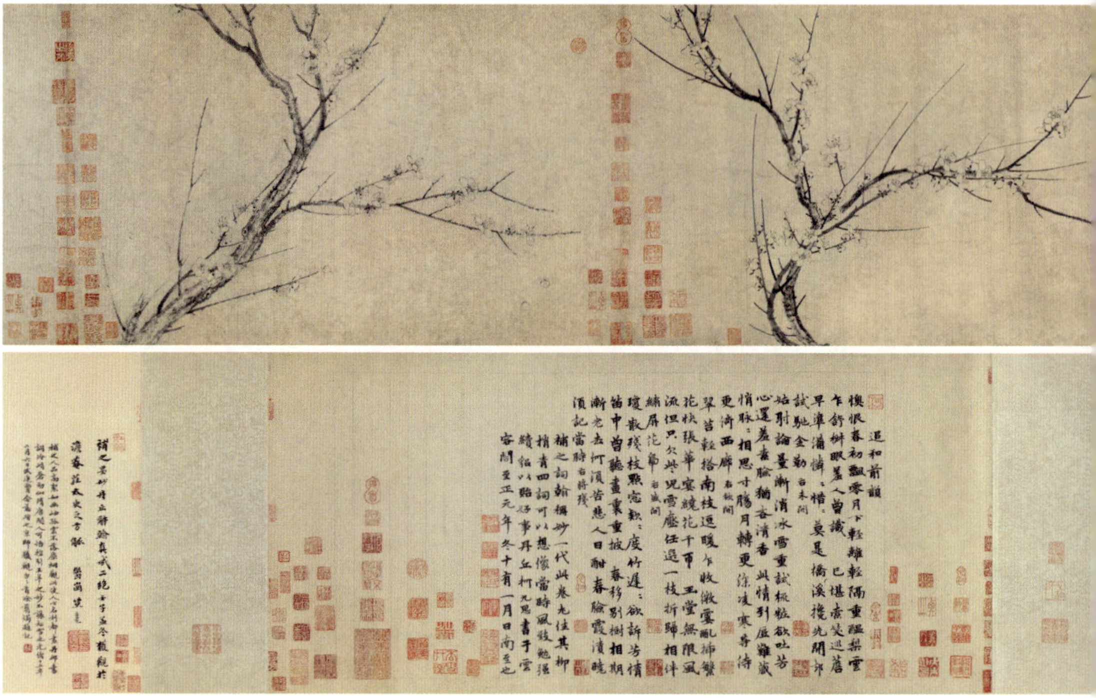

图 3.17　扬补之《四梅花图》

寒三友”，与兰、竹、菊合成“四君子”。在南宋诗坛，文人墨客们通过梅花来抒发收复故土的渴望以及志不改节的决心，使咏梅诗数量激增，尤其淳祐十年（1250），刘克庄（1187—1269）首倡《梅花百咏》以来，诗人们竞相以咏梅诗相互唱和。《梅花喜神谱》采用百幅梅像作为内容，除了宋伯仁爱梅成癖之外，想必还受此风潮及程朱理学“格物致知”思想的影响。画谱在前后布排上按照梅花生长时段排序，则显然是受到前辈画家扬补之（1097—1169）的影响。扬补之所绘《四梅花图》（图 3.17，故宫博物院藏）分别表现了梅花“未开”“欲开”“盛开”“将残”四个阶段的模样。

《梅花喜神谱》融诗文与绘画为一体，诗画互参，便于观者理解，亦方便课徒临摹学习。有学者根据宋伯仁在《梅花喜神谱》上的题诗内容及其仕宦经历，结合南宋末年墨梅画（诗）在谋官求仕中作为士人敲门砖的现实背景，推测此画谱是宋伯仁的自我推荐书。[1]

1261 年，《梅花喜神谱》的墨香仍弥漫于金华双桂堂，南宋王朝正沉溺于末世的余

[1] 陈德馨：《〈梅花喜神谱〉——宋伯仁的自我推荐书》，台湾大学艺术史研究所《美术史研究集刊》第五期，第 123—148 页。

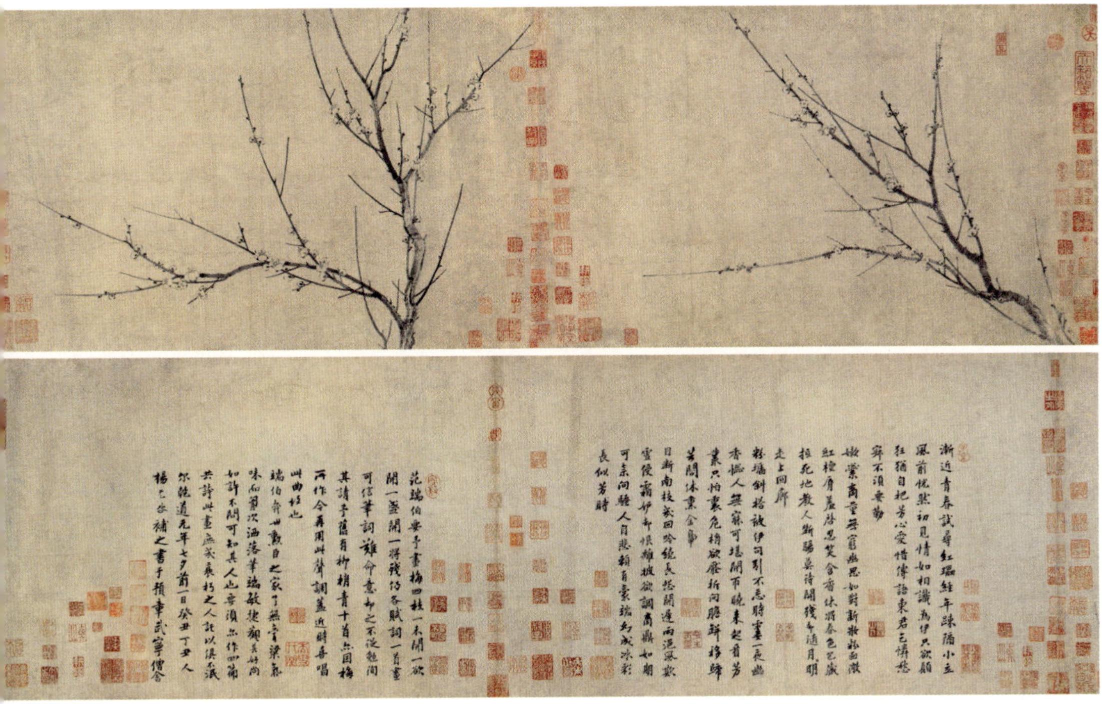

晖中。时任太子太师右丞相的贾似道（1213—1275）因私怨排挤多位将领，导致宋军内部腐败加剧。潼川安抚副使刘整因与贾似道有隙，被迫降蒙古，使得蒙古掌握了南宋的军事弱点，加速了南宋的灭亡进程。而同时期的北方风雪中，忽必烈（1215—1294）于1260年即位为蒙古帝国大汗，并推行“行汉法”政策，任用汉族幕僚和儒士，让草原雄鹰的羽翼沾染了儒家文明的墨香。忽必烈还积极筹备迁都事宜，一个融合了游牧铁骑与中原典章的新王朝正悄然抽枝。

江南之地的梅花图谱仍在传抄摹刻，笔锋流转间暗合着世事的无常。那些被墨线勾勒的梅瓣，有的含苞待放如忠良未展的抱负，有的零落成泥似志士未竟的宏图。当北方的铁骑最终踏碎西湖的月影时，人们方惊觉：王朝兴衰恰似寒梅开谢，技术的演进亦如滔滔江水，而历史的江河永远裹挟着个体的悲欢，奔向不可逆转的深潭。哦！唯有文明根脉如暗香流转。

身与竹化：文同《墨竹图》

文同（1018—1079），字与可，世称石室先生，又自号笑笑先生，梓州永泰（今四川盐亭县）人。曾登进士第，担任过陵州、洋州、湖州的知州，故人称“文湖州”。文同擅诗文、精书法，以画墨竹著称，创“湖州竹派”——泛指后世学习文同墨竹画法的群体。

文同在洋州任官时，在筼筜谷的竹林间建造了一个亭子，朝夕游处其间，深入体察竹之生长习性、物理情态，力求形神兼备，他认为“画竹必先得成竹于胸中”，若是“节节而为之，叶叶而累之”便无竹可言。《墨竹图》（图 3.18）整幅画面只绘一梢劲竹倒垂，先俯冲后仰起，势若游龙；竹的形态真实，竹节上的细小新枝都表现了出来，笔法谨严，竹叶虽多，却错落分明，浓淡有别，潇洒有致，与米芾总结文同绘墨竹“以深墨为面，淡墨为背，自与可始”的特征相契。

文同与大文豪苏东坡既是表亲，又是知音，时常诗词往来，相互唱和。苏轼从不吝惜对文同墨竹之赞美，他称文同笔下之竹“数寸之萌，而有丈寻之势”，而这缘自“与可画竹时，见竹不见人。岂独不见人，嗒然遗其身。此身与竹化，无穷出清新。庄周世无有，谁知此凝神？”（《书晁补之所藏与可画竹三首》）

“墨竹”自文同开创至今，在中国画坛一直独领风骚，千年未绝。《宣和画谱》将“墨竹”单列一门。南宋赵孟坚绘《岁寒三友图》，纯以水墨绘松、竹、梅，以物之形似摹

图 3.18　文同《墨竹图》

年代：北宋

材质：绢本墨笔

尺寸：纵 130.1 厘米，横 104.4 厘米

藏地：台北故宫博物院

图 3.19 文同《墨竹图》局部

人之高洁品质。元代文人画家中出现了大量擅画墨竹者，如赵孟頫及夫人管道昇、书画学博士柯九思、息斋主人李衎等，他们所画墨竹或以窠石相配，或画不同情境下的墨竹，如：管道昇所绘《烟雨丛竹》（台北故宫博物院藏），于烟雨空蒙之境中更添丛竹之嫩柔；李衎不仅擅画墨竹，更有《息斋竹谱》传世。明清时期，墨竹仍是文人追捧的对象。明代夏昶所画之竹清秀中透露出遒劲，声名远播海外，有“太常一个竹，西凉十锭金”之誉。清代“扬州八怪”郑板桥将画竹过程分为“眼中之竹”“胸中之竹”“手中之竹”三个阶段，事实上就是对文同绘墨竹主张的阐发与传承。

琢玉成器：兽面纹玉卣

玉器在宋代成为金石学的研究对象。吕大临编撰的《考古图》是中国最早的金石学图录，成书于元祐七年（1092），其中选录了圭、璧等玉器 14 件。自宋代始，仿古铜器的玉器制作逐渐形成了传统，以后历代多有沿袭，成为玉器形制的一个重要类型。

此件玉卣（图 3.20）玉色青白，局部有黄色沁和白斑，扁圆体，平沿，直口，粗颈，矮圈足，足微外撇，颈部左右两侧镂雕卧伏回首状小螭龙，前后雕刻兽面纹，通体抛光细致。卣在商周时期作为酒器使用，口小腹大，有盖和提梁，常以青铜制成。这件玉卣较之先秦时期的青铜卣，尺寸缩小许多，只是在形式上仿制，丧失了作为酒器的实用功能以及作为祭祀用品的礼仪功能，成为书斋的雅玩之器。

明清时人偏爱宋玉，对其颇为推崇，晚明鉴藏家高濂在《燕闲清赏笺》中曾评价说："宋工制玉，发古之巧，形后之拙，无奈宋人焉。"宋代玉雕效先崇古，开仿古玉之先河。从清代开始，仿古玉器已不局限于仿古铜器，还包括其他的一些形制，如仿汉代玉佩等。

宋代玉器一方面在形制上追求仿古，另一方面也逐渐走向世俗化，出现了雕琢兔、犬、猪等生肖玉器，它们比例适当、形象生动，多用作文房镇纸。还有一些充满画意的玉饰件，如执荷叶的童子、作对称状的鸳鸯慈姑等图式，这些采用镂空、隐起等技法雕琢的人物、禽鸟、花卉、山林等玉饰件通常用于佩饰、嵌件和纽饰。

图 3.20　兽面纹玉卣
年代：南宋
尺寸：口径 3.7 厘米，底径 4 厘米，宽 7.8 厘米，高 6.85 厘米
出土时间、地点：1952 年，安徽休宁南宋工部侍郎朱晞颜夫妇合葬墓
藏地：安徽博物院

《武林旧事》卷九记载南宋绍兴二十一年（1151）十月，清河郡王张俊向宋高宗进奉的宝器中，有玉狮蛮乐仙带、玉鹘兔带、玉璧环、玉素钟子、玉花高足钟子、玉枝梗瓜杯、玉瓜杯、玉香鼎、玉盆，以及古剑格等 40 余件玉器，可见当时藏玉之风气盛行。古玉数量有限，不能满足藏者之需，这也是古玉仿制应运而生的因素之一。

南宋经济发达，城市繁荣，手工业兴盛，物阜民丰，不仅帝王之家、士大夫们以鉴藏玉器为乐，老百姓们对美玉器具的追捧亦十分兴盛。民间开设有碾玉作坊和买卖玉器的店铺，《西湖老人繁胜录》中记载临安有一家“七宝社”，经营玉带、玉碗、玉花瓶、玉束带、玉劝盘等玉器，以及珊瑚、水晶、猫睛等奇宝。

第四章

官家的世界

从宋太祖“不得杀士大夫及上书言事人”的誓碑传说伊始，宋朝便开始了重文轻武的政策。赵宋君臣推动科举文治的国家政策，孕育出范仲淹“先天下之忧而忧，后天下之乐而乐”的经世精神、文彦博“君主应与士大夫治天下”的雄心壮志、王安石及司马光等兴利除弊的变法革新、蔡襄及苏轼等为政利民的做官之道。

南宋在金、元强劲之敌环伺下倚江南而立，延续北宋既有的祖宗家法，继续遵行重文轻武的立国传统，应不同形势随时调整政治、军事、外交政策，或退避求和以延续国祚，或有志复兴而积极北伐，以江南的自然环境与经济资源为基础，背海立国，利用海洋资源，发展海上丝绸之路，在 153 年的风雨飘摇间步步为营，维持基业。

有宋一代虽在政治、军事上积贫积弱，但是重视礼乐教化，自太宗时代就“诏天下郡县搜访前哲墨迹图画”，逐步建立丰厚的宫廷收藏（如佚名《景德四图》）。帝王们出于政治和生活的需要，大力经营皇家画院，御书院、翰林图画院的设置为宫廷书画艺术的创作奠定了基础，使宫廷艺术创作出现了前所未有的繁荣局面。以宋太宗、宋仁宗、曹皇后、宋徽宗、宋高宗、宋宁宗、杨皇后、宋理宗为代表的宋代帝后，在文化艺术上积极主导、精进不已。

醉心艺事的徽宗独创“瘦金体”，在艺术实践方面颇有建树，同时也进行画学与画院改革，吸收文人艺术中诗画合一的理念，以“诗题取士”，并提出“神妙逸能”的品评标准，要求“物之情态形色俱若自然”，这些对绘画尤其是花鸟画的发展都有着深远的影响（如传赵佶《瑞鹤图》）。“宣和画院”培植的画家到了江南后，成为绍兴画院的主力。特殊的历史背景造就了带有政治隐情的规鉴画（如佚名《折槛图》），一度成为南宋宫廷画院的主流；从中原的高山厚土移至江南的湖光山色，也熏染出西子湖畔简逸空蒙的诗情山水。

记录帝后形象（如《宋太祖坐像》）与宫中事宜（如李嵩《月夜看潮图》）的画作使后世的观者犹如在千里之外有了高倍望远镜与无人机的加持，得地走进大宋的大门，得见官家生活。传世官窑烧造的瓷器（如汝窑天蓝釉刻花鹅颈瓶）造型洗练典雅，釉色沉静莹润，是为典范，记录着宫中生活昔日的风华。巩义宋陵矗立的石像千年来面对雨打风吹，依旧恭谨站立，望着田间的荠麦青青，守卫着帝后宗室，见证着时代的不断更迭……

天表神伟：《宋太祖坐像》

《宋太祖坐像》(图 4.1) 所绘为宋代开国之君——宋太祖赵匡胤 (960—976 年在位)。宋太祖端坐于饰以金色龙头的红漆宝座上，双脚踩于与宝座配套的脚凳上，头戴展翅幞头，身穿圆领黄袍，腰间佩玉装红束带，脚蹬皂纹靴。

《宋史·舆服志》中记载天子之服有六种：一大裘冕，二衮冕，三通天冠、绛纱袍，四履袍，五衫袍，六窄袍。画中宋太祖所着即为第五种衫袍。宋代服饰虽因袭唐制但有所改良，很显著的一点就是将软翅幞头改成了方形硬胎展翅幞头。图中宋太祖幞头硬挺黑亮，两翅向两侧平伸极长。据说展翅加长是为了避免百官入朝站班时交头接耳谈论私事。但事实上，五代时，就已经出现了短平翅幞头，这从榆林窟第 19 窟壁画《曹元忠父子供养像》中即可见，宋一统后，只是将其加长，定型成为官服制度而已。

根据北宋田况《儒林公议》记载："太祖天表神伟，紫黳而丰颐，见者不敢正视。李煜据江南，有写御容至伪国者，煜见之，日益忧惧，知真人之在御也。"《宋太祖坐像》中赵匡胤肤色呈紫黑色，面庞宽厚，髭须规整有型，目光前视，虽不露怒色，却令人心生敬畏，与田况记载完全吻合。画家以铁线描勾勒衣纹，线条圆劲流畅，无一笔顿挫，干净利落的几笔线描打造出外轮廓，然后平涂赋色，在线条处略作晕染。没有冗杂的修饰和多余的色彩，却既表现出了帝王袍服顺滑平整的质地，又突出了其魁梧雍容的

图 4.1　《宋太祖坐像》
年代：北宋
材质：绢本设色
尺寸：纵 172.1 厘米，横 165.3 厘米
藏地：台北故宫博物院

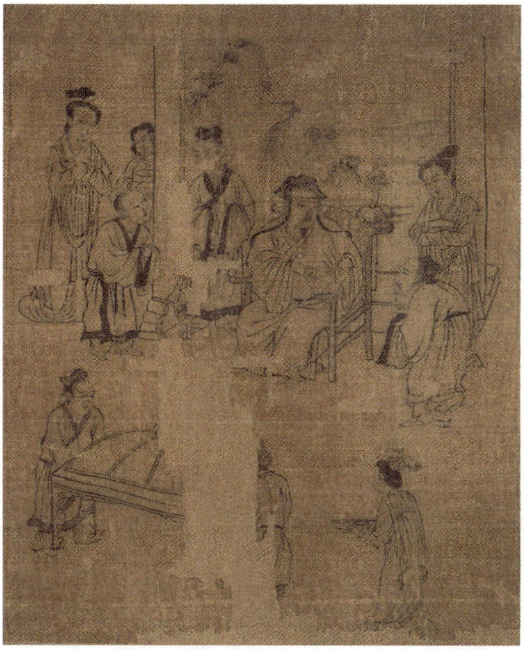

图 4.2　李公麟《孝经图》局部

体态。武将出身的伟岸身姿、帝王身份的庄重威严在画家的精心描摹下跃然绢素上。

中国画讲究“以线造型”，线条在勾勒人物形象、描摹人物身量与肌体、呈现人物衣服质地等方面发挥着至关重要之用，同时也具有独立的审美价值与情感表达功能。尤其在北宋李公麟创造“白描”风格以来，线条成为塑造人物形象的重要法宝，我们在李公麟《孝经图》（图 4.2，美国大都会艺术博物馆）的一个画面中，就能看到他采用三种不同的线描来凸显人物不同的性别、身份地位——以兰叶描的提按起伏表现小厮衣服的褶皱，以流畅细劲、无转折变化的铁线描来呈现女主人的端庄持重，以方折刚硬的折芦描来塑造男主人作为士人正直刚毅的品格。

《宋太祖坐像》中，画家以饱满流畅、无任何转折变化的圆劲铁线描来衬托宋太祖服装质地的光滑无比以及贵为天子的威严神圣。而在李唐笔下的《灸艾图》中，画家则以曲折变化多端、细碎短促、遒劲锋利的钉头鼠尾描来塑造村野农人所着布匹易皱的质地以及褴褛穷苦的生活状态。

《图画见闻志·卷三》：“王霭，京师人，工画佛道人物，长于写貌……今定力院《太祖御容》《梁祖真像》，皆霭笔也。”除了王霭之外，牟谷、僧道辉也都为太祖画过御容。但因这三人亦无可靠作品传世作对比，本幅作品无落款，因此，此像出自何人笔下，尚无定论。

以形写神：《宋仁宗后坐像》

古代虽无照相机技术，但是画像技艺发达，人物画是所有画科中最先成熟起来的。古人注重以形写神，好的肖像作品不仅使我们得见其貌，更能使我们读到他（她）的阅历。清宫南薰殿旧藏宋、明、清三朝的帝后像，这些画像用笔精准，赋色细腻，写实传神，皆出自各自时代杰出的宫廷画家之手。

图 4.3 展示的为《宋仁宗后坐像》，画像正中所坐是册封于景祐元年（1034）的曹皇后。曹皇后拱手端坐，身穿深青色交领大袖锦袍，上有翠翟（长尾雉鸡）图案，两雉并列成行；内衬白纱单衣；衣领、端袖、衣底均镶饰红色绲边，上边共织绣有九条金龙；头戴龙凤花钗冠，冠以金银为骨架，上镶嵌珠宝；面贴珠钿，幕绛纱，两博鬓。曹皇后所着显然为礼服式样，应是其接受册封时所穿的礼服。即便贵为后宫之主，皇后素日的穿戴也绝非画中这般隆重繁缛。李廌《师友谈记》中描述宫中御宴时，皇后与皇太后都是戴白角团冠，前后只以白玉龙簪装饰而已，衣服也是无华彩的黄褙子。

曹皇后旁边站立着两位宫女：身穿圆领簇花锦袍，腰系白玉装腰带，脚蹬弯头鞋；一位端金唾盂，一位执巾，二人头戴巾帽，上饰以各色杂花，虽然效仿男儿装扮，却肤白、浓眉、丹唇，十分俏丽。“女儿妆束效男儿，峭窄罗衫称玉肌。尽是真珠匀络缝，唐巾簇带万花枝”。画中人与宋徽宗《宣和宫词》咏“万花枝”中描绘相契。

图 4.3 《宋仁宗后坐像》
年代：北宋
材质：绢本设色
尺寸：纵 172.1 厘米，横 165.3 厘米
藏地：台北故宫博物院

图 4.4 《宋钦宗皇后坐像》局部

簪花在宋人生活中极为流行，不仅女人喜爱簪花，男子簪花在民俗生活中也很常见，皇上还在节令赏赐簪花于臣下。吴自牧的《梦粱录》中就详细记述了簪花、赐花制度，“前筵毕，上降辇、转御屏，百官小歇，传宣赐群臣以下簪花……具遇圣节、朝会宴，赐群臣通草花。遇恭谢亲飨，赐罗帛花”。

《宋史》中记载曹皇后“性慈俭，重稼穑，常于禁苑种谷、亲蚕，善飞帛书”。画中曹皇后端庄持重，面容清癯，与史书记载的其经历相符。同样身为一国之母的宋钦宗皇后朱琏（图 4.4），画像中虽亦着礼服，戴凤冠，面容姣好，但是眉头紧蹙惹人怜，似在昭示其“事何可说，恨何可雪”的凄苦命运。

文治天下：佚名《景德四图·太清观书》

《景德四图太清观书》以长卷的形式连缀“契丹使朝聘”“北寨宴射”“舆驾观汴涨”“太清观书”（图 4.5）四图，每幅图上各有榜题，每段画后附有文字，采用“左图右史”的方式分别记录了宋真宗在皇城内外的政治活动：“契丹使朝聘”记录景德二年（1005）辽使团入宫庆贺真宗生日，“北寨宴射”记录景德元年（1004）澶渊盟后真宗到北寨与武将宴射，“舆驾观汴涨”反映景德三年（1006）宋真宗亲自巡察汴河河堤修整事迹，“太清观书”则是景德四年（1007）真宗召文臣观书于太清楼的场景。图文互参的方式，一方面具皇家档案性质，另一方面宣扬真宗的治世圣德，以便对后世君王引导训鉴。

这些集中体现皇权政策功绩的画作应君主之意绘制，对政治场景、礼仪场面、宫廷活动的描述较为客观真实，为我们了解北宋建筑、服饰、礼仪等提供了直观的视觉材料。譬如，本画占据大幅画面的就是正中的太清楼，建筑结构明晰，线条刚劲，对我们了解北宋宫城内建筑及构件（楹柱、斗拱、栏杆、格子窗等）的设计大有裨益。太清楼为两层重檐歇山顶，中间有平座，可能有夹层，面阔七间，居中一间较为宽大，匾额悬挂于上层前檐正中，为纵长式匾额，这些特点都沿袭了唐代旧制。太清楼下的台基较为高大，设东西两阶，亦为唐宋古制；檐下斗拱用材较大，符合宋代官修《营造法式》规定的七间殿宇的用材规则，檐下一周在柱头处使用了“一斗三升”的斗拱，简洁有力，也延续

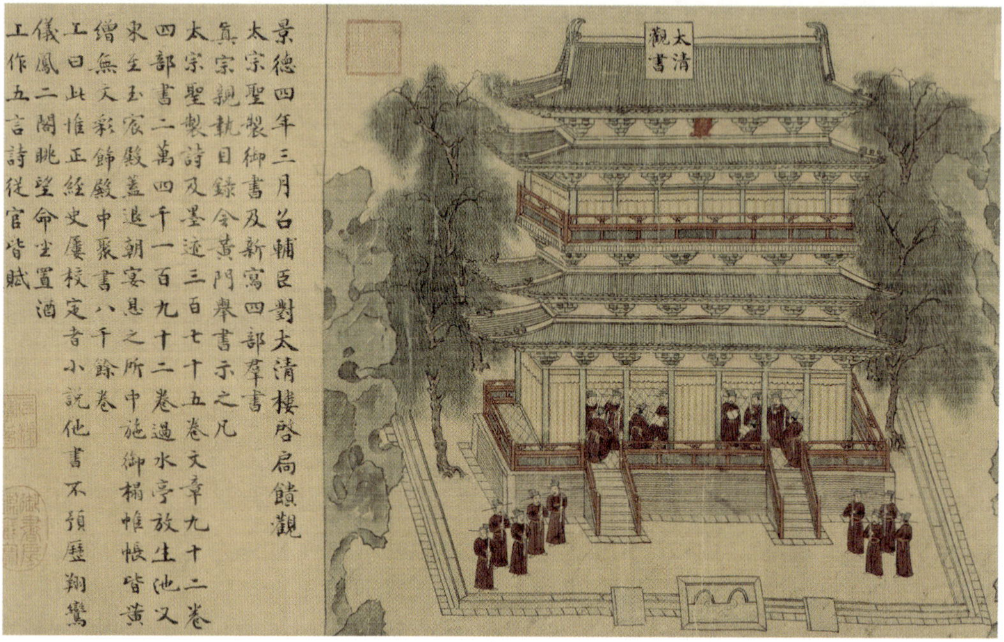

图 4.5　《景德四图·太清观书》
年代：北宋
材质：绢本设色
尺寸：纵 33.1 厘米，全卷 252.6 厘米
藏地：台北故宫博物院

图后跋文：

景德四年三月，召辅臣对太清楼启扃［jiōng］馈观太宗圣制御书及新写四部群书。真宗亲执目录，令黄门举书示之。凡太宗圣制诗及墨迹三百七十五卷、文章九十二卷、四部书二万四千一百九十二卷。过水亭放生池又东至玉宸殿，盖退朝宴息之所。中施御榻，帷帐皆黄缯，无文彩饰，殿中聚书八千余卷。上曰：“此惟正经史屡校定者，小说他书不预。”历翔鸾仪凤二阁眺望，命坐置酒。上作五言诗，从官皆赋。

了唐代建筑风格的阳刚之美。[1]

太清楼是宫城内的皇家藏书处。根据图后文字可知，此图记录的是景德四年（1007）三月宋真宗与辅臣在太清楼共同观览太宗墨迹与新纂书籍的盛事。图中大臣们双手捧书，正在交流。宋太祖立国之初就确立“偃武扬文”“文治天下”的治国方略，之后的宋代皇帝亦遵从祖宗之法，此图正是以文教辅助政治的实例。宋仁宗庆历年间（1041—1048），辽兴宗进贡《千角鹿图》给宋廷，这 5 幅画就挂于太清楼，仁宗邀请近臣与命妇参观欣赏。由此可见，太清楼更像是一个集藏书、展览于一体的综合机构，兼具图书馆与博物馆双重功能。考虑到封建社会的礼制，还特意标明男女群体隔日观摩，也是颇有创见。

景德四年是宋真宗赵恒（968—1022）在位期间的重要年份，也是其政治统治相对稳定的一年。这一年中，政治、经济、文化等方面都有显著发展，同时，一些事件也为历史的后续发展走向埋下了伏笔。

正月，宋真宗前往巩义祭祖，此次出行历时两个月，其间，他减免赋税、释放囚犯。三月，宋真宗与群臣造访太清楼，观览太宗御书及新写四部群书，并临阁眺望，置酒赋诗，这场被《景德四图·太清观书》永恒定格的雅集，恰似大宋文治气象的微缩景观，既有对先帝手泽的虔诚追慕，又彰显着当朝的文化抱负。七月，翰林图画院分派画师至全国，图绘山川河流、地形地貌，将所绘舆图交付枢密院，以备军事与行政参考。同年，宋真宗还钦定了江西一个小镇为皇家御用瓷器制造基地，此后该地出产的瓷器底部皆书“景德年制”，景德镇由此得名；真宗应该料想不到这座在当时并不起眼的烧瓷小镇在不久后出产的作品将远销海外，景德镇瓷器以简洁的造型、清润的釉色承载着神秘的东方美学将散播在海上丝绸之路沿线，更预想不到即便过了千年，它依旧赫赫有名，甚至成为国际瓷都。

《景德四图》最初被创作出来是作为帝王训鉴的视觉教材，而如今的它更像是解码北宋盛世的一面多棱镜，千年后的我们透过它，仿佛拨开了层层历史尘埃，观摩着大宋王朝在内政、外交、民生、文化不同面向的“新闻直播”……

---

[1] 尹吉男主编：《中国美术史》，高等教育出版社，2019 年，第 194 页。

清赡疏通：崔白《双喜图》

北宋时有谚云："黄家富贵，徐熙野逸。"五代、北宋时流行两大花鸟画风格：西蜀画院待诏黄筌及其子黄居寀多写禁御珍禽瑞鸟、奇花怪石，造型精准，设色工艳，画风华贵富丽；江南处士徐熙多描摹江湖间的汀花野竹、水鸟渊鱼，用多变化的水墨勾画出花鸟的轮廓，色彩居于辅助地位，画风淡雅野逸。

其中，"黄家富贵"之风十分契合皇家之需。北宋皇家画院接收了五代西蜀与南唐画院的花鸟画名家，黄家花鸟画派风格主宰北宋宫廷花鸟画坛达百年之久。根据《宣和画谱》卷十八记载："至如翰林图画院中，较艺优劣，必以黄筌父子之笔法为程式，自悫及其兄白之出，而画格乃变。"直到熙宁、元丰时期崔白的出现，花鸟画才开始发生变化。崔白用笔灵活，设色淡雅，注重表达审美主体的真实感受，真正发挥花鸟画托物言情之功用。

崔白，字子西，濠梁（今安徽凤阳）人。神宗熙宁（1068—1077）初为画院艺学，元丰（1078—1085）时为画院待诏。崔白不仅擅画花竹翎毛，体制清赡，作用疏通，对佛道鬼神、山林人兽也都无不精绝，曾画大相国寺廊之东壁。崔白的弟弟崔悫 [què] 也擅画花鸟，兄弟齐名，画风相近；崔白更长于画鹅，崔悫则更工于画兔。《宣和画谱》中记载御府所藏兄弟二人之作繁多，但传世可信之作仅有崔白《双喜图》（图 4.6）、《寒雀图》（图 4.7，故宫博物院藏）两件。

图 4.6　崔白《双喜图》
年代：北宋
材质：绢本设色
尺寸：纵 193.7 厘米，横 103 厘米
藏地：台北故宫博物院

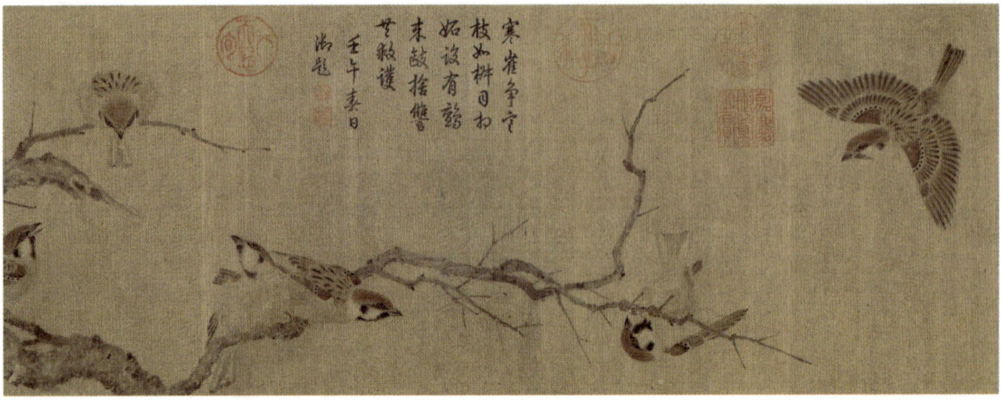

图 4.7　崔白《寒雀图》局部

《双喜图》最右侧树干上以隶书写“嘉祐辛丑年崔白笔”。画中枯叶在深秋的劲风中飘摇，枝干上两只喜鹊正在振翅而翔，羽翼摩擦之声与清冷的鸣叫之音惊扰到正在奔走的野兔，野兔扭头回望斜上方的喜鹊，双目圆睁，毛发骤然而立，耳朵机警竖起，迅速进入了高度戒备的状态。野兔皮毛光润，描摹精微，形体富立体感；坡石则以数笔擦染，刻画简易。枯黄萧索的冷清之境由于动物们的加入顿时充满了抖擞勃发的生命力。可见崔白作画极富巧思，在动静、荣枯、简繁的布置下使画面内容及精神达至平衡。他并未止于应物象形，而是在笔墨间进一步构建起戏剧化的场景，传递真情实感。

对于这样一幅画作，后世观画者将画面中枝头上双宿双飞的鸟儿与土坡上的雄兔视为对立两方，将画面内容及画中陡然间“动荡不安”的情愫联系到当时的政事，认为这幅画隐喻了宫廷内闱福康公主与驸马李玮、宦官梁怀吉之间的爱恨纠葛。

我们不是当年历史的见证者，无法获取崔白作此画时的真正心境与用意，只能确定此幅画因功力之厚、魅力之大促使观者在欣赏时会不自觉地编织出契合画韵的过往。

感兹祥瑞：(传) 赵佶《瑞鹤图》

北宋政和二年 (1112) 正月十六的夜晚，皇宫端门处忽然有大朵的祥云由下至上升腾，众人皆抬头仰望。倏尔，有 20 只丹顶鹤划过长空，盘旋于祥云与端门间，其中两只如同列队的卫士般立于殿脊鸱尾之端，映衬着翱翔飞舞的其他 18 只鹤。汴京城内的男女老少纷纷来瞻望这难得一见的奇景，直至鹤群隐飞于西北天空，才各自归家。

崇奉道教的宋徽宗认为此乃祥瑞之征，于是欣然将其描摹出来，并在画后附诗、文记录此事始末，诗曰："清晓觚棱拂彩霓，仙禽告瑞忽来仪。飘飘元是三山侣，两两还呈千岁姿。似拟碧鸾栖宝阁，岂同赤雁集天池。徘徊嘹唳当丹阙，故使憧憧庶俗知。"署款"御制御画并书"，落"天下一人"的花押，即我们所见的《瑞鹤图》(图 4.8)。[1]

这件事情有详细的时间和地点，但它是否真的发生过，或真实性有多大，事实上我们无法确知。我们唯一能够确认的是作为一国之君的宋徽宗，他希望他的子民相信确有此事，说明其政治统治合天意，才降得祥瑞。《瑞鹤图》与徽宗署款的《祥龙石图》(图 4.9,

[1] 宋徽宗题款画作大致分两类：一类是精工富丽的绢本设色类型，如《瑞鹤图》《芙蓉锦鸡图》等；一类是偏水墨文人气息类型，如《柳鸦芦雁图》等。书画鉴定家徐邦达考订认为前者是院画，后者是徽宗亲笔，见《宋徽宗赵佶亲笔画与代笔画的考辨》。因此，《瑞鹤图》更有可能是徽宗授意画院画家代笔完成的。

图 4.8　（传）赵佶《瑞鹤图》
年代：北宋
材质：绢本设色
尺寸：纵 51 厘米，横 138.2 厘米
藏地：辽宁省博物馆

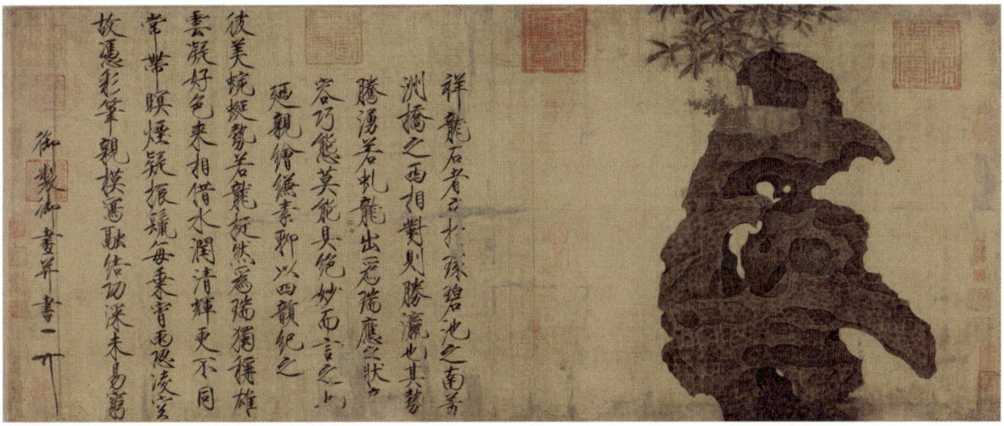

图 4.9 （传）赵佶《祥龙石图》

故宫博物院藏）、《五色鹦鹉图》（美国波士顿美术博物馆藏）尺寸、装裱一致，皆是从《宣和睿览册》中散佚析出。《宣和睿览册》收录的作品以入贡的动物、植物及祥瑞现象为内容，每册 15 幅画，各有主题，如第四册以纯白奇禽异兽为主。值得一提的是，尽管宋徽宗严格要求作画写实，他可以一一指出孔雀登台先迈左脚还是右脚，月季、猫的眼睛在一天之中随着光线作何变化，但是，《瑞鹤图》中却出现了常识性的错误，如鹤并不能做曲颈飞翔，鹤的黑色长羽是长在翅膀外侧，而画家则画在了鹤尾处。[2]

《瑞鹤图》优雅的配色、工细精致的画风，再配上宋徽宗灵动的“瘦金体”，俨然是一卷珠联璧合的杰作。此作除极具审美价值之外，还为我们提供了了解北宋建筑弥足珍贵的视觉史料。画家以界尺为工具描摹端门及两侧宫殿，工整精细，对建筑外部及其构件斗拱、鸱吻和脊兽等皆刻画细致。建筑学者认为《瑞鹤图》从时代和地区上看都可作为宋元符三年（1100）李诫编著《营造法式》卷十三“瓦作制度”中“用鸱尾”条的补图。[3]

[2] 余辉：《宋徽宗花鸟画中的道教意识——兼探〈五色鹦鹉图卷〉》，收录于《翰墨荟萃：细读美国藏中国五代宋元书画珍品》，北京大学出版社，2012 年，第 251 页。

[3] 祁英涛：《中国古代建筑的脊饰》，《文物》1978 年第 3 期，第 64 页。

雨过天青云破处：汝窑天蓝釉刻花鹅颈瓶

宋代是中国古代陶瓷发展史上的黄金时期，瓷窑遍布全国南北各地，出现了“哥、官、汝、定、钧”五大名窑，各具特色。作为“五大名窑”之首的汝窑，其窑址在今河南省宝丰县清凉寺，宋时属汝州，故名汝窑。宋人叶寘在《坦斋笔衡》中记载：“本朝以定州白瓷器有芒[1]不堪用，遂命汝州造青窑器。”可见汝窑是继定窑之后为宫廷烧制贡瓷的窑场，故而在器物造型、釉色、烧制工艺等方面都精益求精。其中，最为时人及后人称道的就是它的釉色——天青色，匀净清润、不温不火、似玉非玉。

南宋周辉《清波杂志》中记载：“汝窑、宫中禁烧，内有玛瑙末为釉，唯供御，拣退方许出卖，近尤难得。”宝丰县清凉寺遗址附近有玛瑙矿，且汝窑窑址内也出土了不少石英、玛瑙原材料，这些都印证了玛瑙作为御用汝瓷釉料的事实，这是汝瓷被后世珍视的原因之一。汝窑烧造宫廷用瓷的时间仅 20 年左右，约在北宋哲宗元祐元年（1086）到徽宗崇宁五年（1106），故传世品极少，被人们视为稀世之珍。事实上，在南宋时，人们就已经对汝窑瓷器发出“近尤难得”之叹。如今存世的宋代汝瓷不足 100 件（也有约 150 件的说法），大都是素面之器，器身饰有刻花者只有河南博物院所藏这件天蓝釉

[1] 本书作者按，芒，也称芒口，它是指在制作烧造过程中造成器物口沿无釉，露出胎骨的现象。这是为了提高瓷器批量化生产，采用多件覆烧所致。

图 4.10 汝窑天蓝釉刻花鹅颈瓶
年代：北宋
器物规格：高 19.5 厘米，口径 5.6 厘米，底径 8.2 厘米
出土时间、地点：1987 年，河南省宝丰县清凉寺村
藏地：河南博物院

刻花鹅颈瓶（图 4.10）。此瓶造型简洁，长颈鼓腹，通体施天青色釉，瓶口釉薄处微露香灰色胎，釉面清润莹亮，布满蟹爪纹的开片，颈部与腹部阴刻折枝莲花纹，若隐若现，含蓄雅致。

据说天青釉色的由来得益于宋徽宗的一个梦。梦中“雨过天青云破处”碧空如洗的澄净之色深深震撼了这位极具审美能力的帝王，他醒后立即下旨要求烧制出天青色的瓷器。当然，这像极了后人为了渲染汝瓷的艺术价值而附会出的美妙故事。当然，更有可能得是宋徽宗笃信道教，而道者追求大道至简、纯净至极的天空之色更符合道君皇帝的审美追求。不信您看《瑞鹤图》中的那一抹天青……

夕阳紫翠忽成岚：钧窑玫瑰紫釉海棠式花盆

在宋瓷中，钧瓷以“釉俱五色，艳丽绝伦”的美妙釉色独树一帜。钧窑位于今河南省禹州市，因古属“钧州”而得名。目前从禹州境内发现的一百余处窑址看，其烧造时间从唐至元，约有六百年的历史，北宋为其鼎盛时期。

据《宋史纪事本末》卷五十记载：“宋徽宗崇宁四年（1105）十一月，以朱勔领苏杭应奉局及花石纲于苏州。……嘉花名木，类聚区别。”这些奇花异草，有的需要作为盆景陈列。这就刺激了当时作为官窑的钧窑烧造了不少器型的花盆与盆托，有长方、六方、菱花、葵花、海棠等多种样式。

钧瓷以釉色取胜，其典型釉是以氧化铜为着色剂的窑变釉，在还原气氛下烧成后，釉色千变万化，素有“钧瓷无双”之说。在审美与收藏中又有“红为最，紫为贵，天青月白胜翡翠”一说。

此件玫瑰紫釉海棠式花盆（图 4.11），无论从器型上看还是釉色上看，都堪称佳品。花盆呈四瓣海棠花形，广口折沿，沿边凸起一道细棱。深腹，上丰下敛，平底开有五个渗水圆孔。盆内施天蓝色窑变釉，外施玫瑰紫色窑变釉。钧窑花盆、盆托的外底一般都刻有从“一”至“十”的数字，数字越大器物越小，反之，数字越小器物越大。此花盆底刻“九”字（图 4.12），说明尺寸较小。另有清宫刻字“养心殿”（横向）、“明窗用”

图 4.11　钧窑玫瑰紫釉海棠式花盆
年代：北宋
尺寸：高 11.9 厘米，口横 20.8 厘米，口纵 16 厘米；足横 11.7 厘米，足纵 8.4 厘米
藏地：故宫博物院

图 4.12　钧窑玫瑰紫釉海棠式花盆底部

图 4.13 《胤禛十二美人图·裘装对镜》

图 4.14 《胤禛十二美人图·裘装对镜》局部

（纵向），说明这是一件从北宋宫廷流传至清朝内府的一件传世钧瓷。

据《造办处各作成做活计清档》记载，从乾隆十一年（1746）开始，乾隆皇帝开始有意识地命令内务府工匠在陈设类钧瓷上加刻宫殿名或陈设地名。如“（乾隆十一年）正月二十三日，司库白世秀来说，太监胡世杰交……钧釉高桩花盆二件……静憩轩；钧釉海棠盆连二件，漱芳斋。传旨：俱各刻地名，钦此。于本月二十六日，司库白世秀，七品首领萨木哈将钧釉盆连一件盆底贴得地名字名样持进，交太监胡世杰呈览。奉旨：将大地名准刻横的、小地名准刻竖的。钦此。”

由此可见，这件玫瑰紫釉海棠式花盆到了清朝，是在养心殿的明窗继续发挥作用的。养心殿东暖阁西南原有御笔“明窗”，为皇帝每年元旦开笔之处。被安置在如此重要的地方，看来这件北宋时期的玫瑰釉海棠式花盆即便经历了几次朝代更迭，依旧葆有“钧瓷世无双”的价值。而它在清宫的生存方式如同《胤禛十二美人图》（图 4.13，故宫博物院藏）中表现的那般，依旧独具“夕阳紫翠忽成岚”的魅力，依旧在孕养着宫中草木……

石麟两两守空冈：永昭陵

宋代是中国古代陵墓制度重要的转折时期。北宋陵制沿袭唐制，但陵墓规模较小。帝后陵墓集中在河南巩义境内，太祖至哲宗七代帝王以及追封的宣祖均葬于此，八座陵寝组成一个规模宏大的陵区，开创了与汉唐时期不同的设置集中陵区的制度。宋代帝后同茔异穴，按照“五音姓利”堪舆风水术的要求，陵区南靠嵩山，北依洛水，地势东南高而西北低，改变了过去逐步增高而将主体置于最高点的传统做法。

北宋皇陵的诸帝陵园建制统一，平面布局相同，皆坐北朝南，分别由上宫、下宫、皇后陵和陪葬墓组成。上宫是陵园的主体，从南至北依次有鹊台、乳台、神道石雕像、陵台和围绕陵台的宫城等地面遗迹。下宫位于上宫的西北部，地面现存南北狮一对。皇后陵和陪葬墓皆在帝陵上宫的西北隅，其中皇后陵的陵园布局与帝陵相同，只是规模相对缩小，石雕像有所减少。

宋陵的神道石刻继承了唐代传统并有所更新，目前保存较完好的是宋仁宗赵祯的永昭陵。嘉祐八年三月，仁宗驾崩，十月安葬于永昭陵。16 年后（1079）的十月，慈圣光献曹皇后去世，于次年（1080）三月下葬，单独起陵于宋仁宗陵的西北隅。

永昭陵（图 4.15）神道石雕像东西相向，两两相对，由南向北依次是望柱二，象与驯象人各二，瑞禽石屏、甪端二，马四，控马官八，虎四，羊四，客使六，武官四，文官四，

图 4.15 永昭陵
年代：北宋
材质：石材
遗址：河南省巩义市

南门狮二，武士二，上马石二，神门内及陵台前宫人四。皇后陵石雕像为 30 件，除四神门各有两件门狮外，在乳台以北的神道两侧还依次排列有望柱二，马二，控马官四，虎四，羊四，武官二，文官二，宫人二。

永昭陵的石雕像雄浑高大，造型比例严谨，注重局部和细节的刻画，这与汉唐陵墓石刻追求大块面造型和整体气势有所不同，这也是宋陵石雕在我国雕塑史上占有一席位置的重要原因。恭谨端立的文官长袍蔽体、冠履整齐，合体的宽袖大袍上数道褶痕既表现了躯体的动态和转折，又表现了丝织品的质感，如同画中的铁线描；魁梧雄健的武上（图 4.16）豹眼圆睁，面部威严，铠甲的块面无论在前胸还是在后体都被刻画得同样细致；番臣着异族服饰，手捧宝物进奉。东列南数第一位番使（图 4.17）发椎髻，肩披袍，腰系巾，

图 4.16　永昭陵石像生之武将

图 4.17　永昭陵石像生之番使

赤足，双手捧荷花盘，盘内盛一犀角，是为“胡人献宝”，正是雕刻版的“职贡图”。

永昭陵石刻脱离了千人一面的程式化处理，追求真实，富有个性，亦是宋人格物致知思想在陵墓雕刻上的反映。其他帝王陵墓建筑布局与永昭陵大体一致，均有较大陵台，周有角楼，神道两侧亦是固定数目配置的石像生。

时过境迁，沧海桑田，这些宋代的幽闭之地早已被附近的老百姓开发利用，田间地头那些肉体凡胎的庄稼汉们代代远去，只有这些石刻的文臣武将、珍禽瑞兽们却千年如一日地守卫着赵家陵阙，任凭西风残照……

羌管悠悠霜满地：《宋高宗赐岳飞手敕》

宋代皇帝颁降的御前文字，名目繁多，格式、印画形式不一，御前札子（简称“御札”）是其中典型的文书体式之一。与一般针对个人的诏敕以“敕某某”开头不同，御前札子都在文末用“付某某”表示。二者作用相同，只是形式互异。[1] 诏敕文书作为官方政令的承载物不仅是帝王书风的集结，更是政令运行方式的展演。台北故宫博物院藏有两件宋高宗写给岳飞的敕书，一件写于绍兴七年（1137，图 4.19），另一件写于绍兴十一年（1141）二月十九日。

图 4.18　中国国家博物馆藏《中兴四将图》中的岳飞

岳飞率岳家军挥师北上，所向披靡，大破金兵，高宗敕书字里行间（如“全藉卿军照管”“训练整

[1] 邓小南：《书法作品与政令文书：宋人传世墨迹举例》，收录于氏著《宋代历史探求：邓小南自选集》，首都师范大学出版社，2015 年，第 356 页。

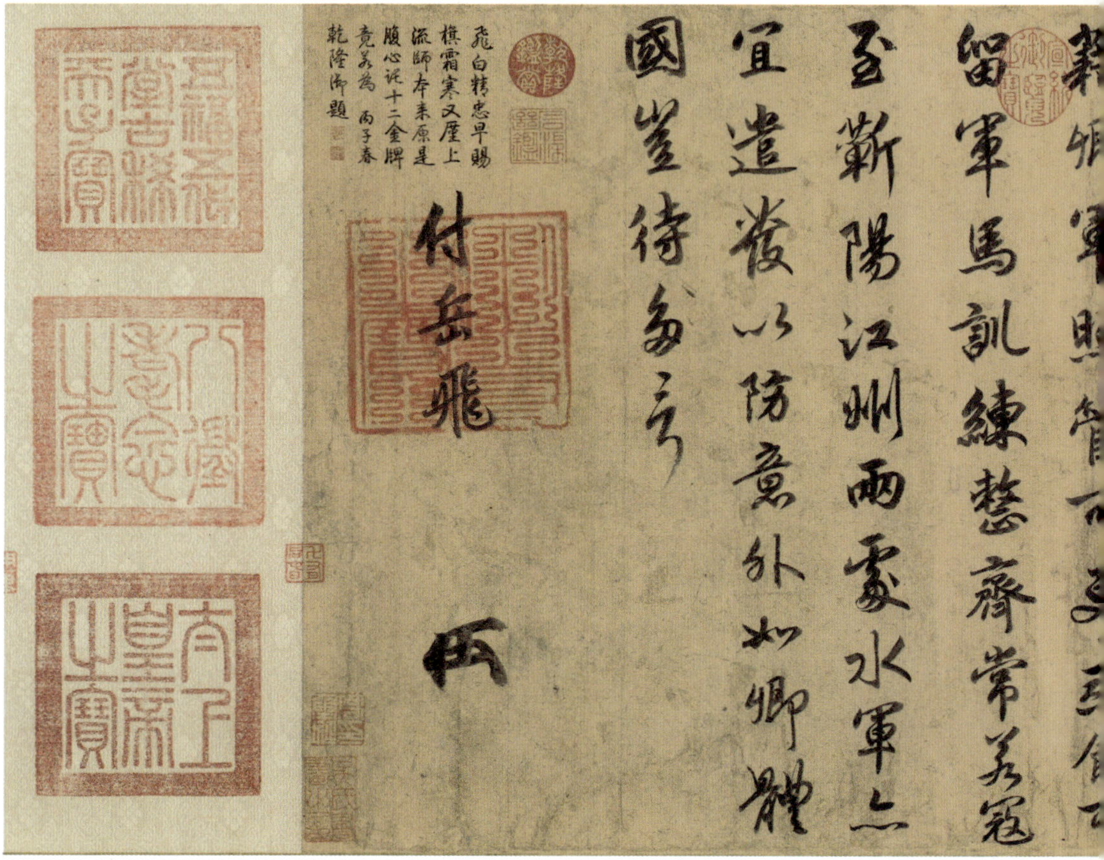

齐”“如卿体国”等词）流露出对岳飞的倚重与慰藉。然而战场上的“壮志饥餐胡虏肉，笑谈渴饮匈奴血”却敌不过宋高宗与奸臣在后方的心机与算计。绍兴十一年（1141）的除夕，岳飞被赐死在风波亭。而后宋高宗与金签订了《绍兴和议》：宋称臣于金，宋、金东以淮水中流为界，西以大散关为界，南北对峙的情势由此确立。

敕书中的推心置腹与敕书外的“莫须有”罪名，孰真孰假？敕书中对岳飞的倚重，敕书外风波亭里的酷烈，就像一出赤裸裸的讽刺剧。后人为岳武穆忠肝义胆被辜负而愤懑不平，亦留下不少豪气公允的文辞。

明代吴门画家文徵明书《满江红词法书》（台北故宫博物院藏）：“拂拭残敕（碑），

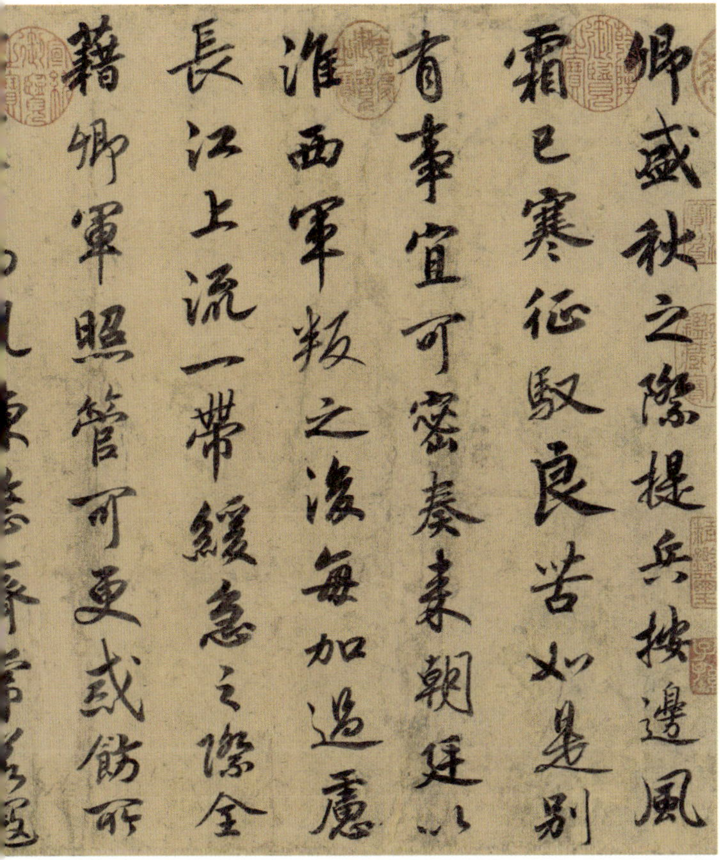

图 4.19　《宋高宗赐岳飞手敕》
年代：南宋
材质：纸本墨笔
尺寸：纵 37 厘米，横 61.4 厘米
藏地：台北故宫博物院

飞字依稀堪读。慨当初，倚飞何重，后来何酷？果是功成身合死，可怜事去言难赎。最无辜，堪恨更堪悲，风波狱！岂不念，中原蹙？岂不恤，徽钦辱？但徽钦既反，此身何属？千古休谈南渡错，当时自怕中原复。笑区区一桧，亦何能？逢其欲！右题宋思陵与岳飞手敕墨本。调寄满江红。”

清乾隆帝在绍兴七年（1137）的敕书空白处题：“飞白精忠早赐旗，霜寒又厪上流师。本来原是腹心托，十二金牌竟若为。”

这些历史遗留的书迹给予那个尘封的岁月一丝鲜明的色彩……

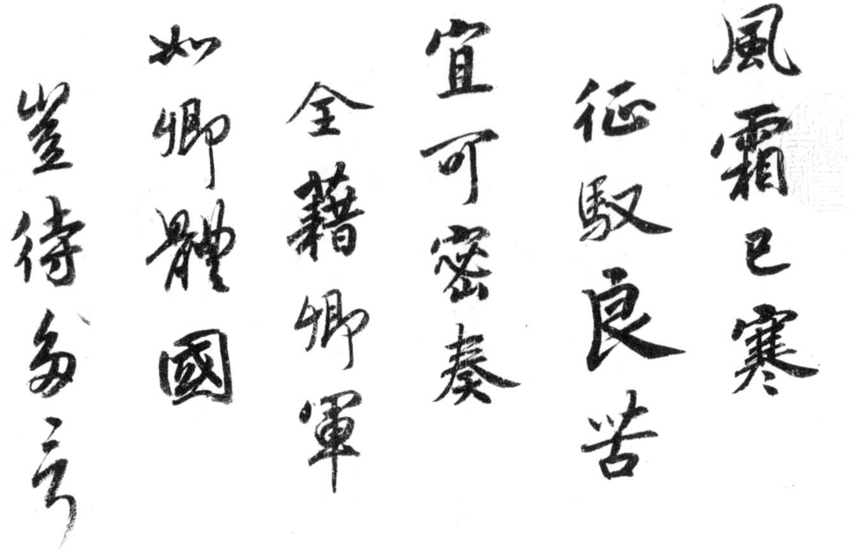

图4.20 《宋高宗赐岳飞手敕》局部摘录

敕书正文：

卿盛秋之际，提兵按边，风霜已寒，征驭良苦。如是别有事宜，可密奏来。朝廷以淮西军叛之后，每加过虑，长江上流一带，缓急之际，全藉卿军照管。可更戒饬所留军马，训练整齐，常若寇至。蕲阳、江州两处，水军亦宜遣发，以防意外。如卿体国，岂待多言！付岳飞。

敕书上，“付岳飞”书于“御书之宝”印上，下书花押“人中王”。

宋高宗共有两个花押，一为“人中王”，整体看似“伍”字；逊位后的高宗居德寿宫，花押采用“德寿”二字结合为一。帝王的花押出现在涉及军事信息的书信中，防伪指数大大增加。

水落石出：马和之《后赤壁赋图》

宋神宗元丰五年（1082），苏轼贬谪黄州（今湖北黄冈）期间，前后两次夜游赤壁，留给后世两篇佳作《赤壁赋》《后赤壁赋》，成为千古名唱，也为后世书画家的艺术创作提供了鲜活素材。宋金时期的画家马和之、李嵩、武元直等就开始以“赤壁赋”为主题进行艺术创作，并有画作流传于世。其中，最值得玩味的要属马和之所绘《后赤壁赋图》卷（图4.21）。

马和之，钱塘（今浙江杭州）人，主要活动于北宋末至南宋初期，南宋高宗绍兴年间登进士第，官至工部侍郎。马和之绘画宗法唐代吴道子、北宋李公麟而有所变化，下笔重而出笔轻，表现人物所用线条较为短促，运笔迅疾，柳叶描已变为后世所称之“马蝗描”，时人称“小吴生”。宋高宗赵构（1107—1187）与宋孝宗赵眘（1127—1194）特别重视马和之，曾亲笔书写《毛诗》三百篇，命其补图，将儒家经典《诗经》以图像语言呈现出来，以便于宣扬、推广伦理道德。至今存世的宋代《诗经图》约有16种之多，分布于世界各大博物馆，但其绘画水平高低不同，学者们推测有可能它是马和之创稿，由院人集体创作或临摹的。由此可见，马和之无论在绘画技法，还是在整体设计构思等方面，皆有过人之处。

马和之所绘《后赤壁赋图》并没有描绘整首赋文的内容，而是截取“适有孤鹤，横

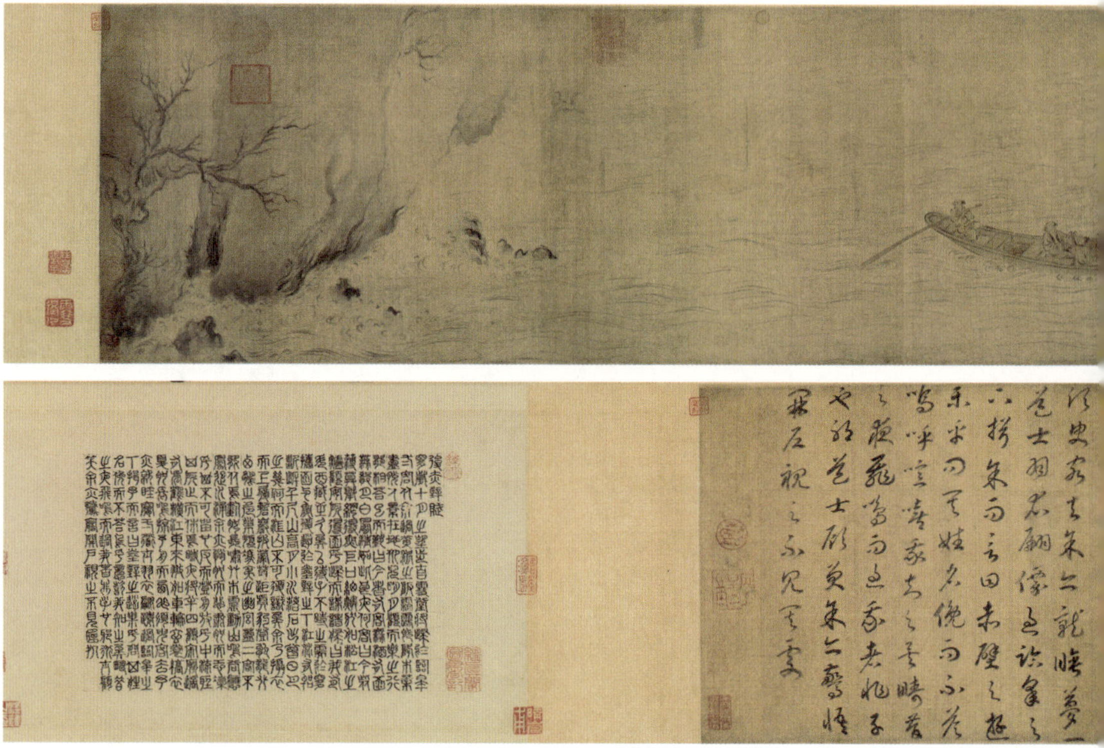

图 4.21　马和之《后赤壁赋图》
年代：南宋
材质：绢本设色
尺寸：纵 25.9 厘米，横 143 厘米
藏地：故宫博物院

图 4.22　李嵩《赤壁图》局部

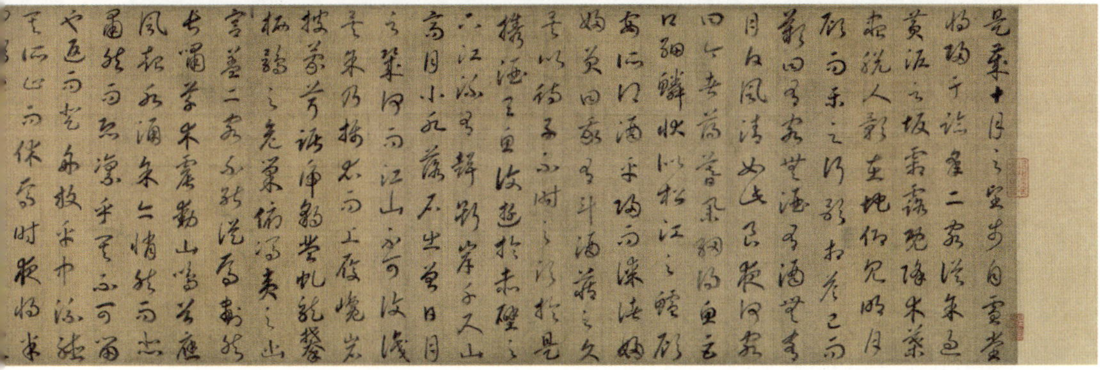

江东来。翅如车轮，玄裳缟衣，戛然长鸣，掠予舟而西也”这一单独场景来表现。图中绘苏轼与友人、舟子、侍童共计六人泛舟江上，他们正斜向望着展翅东飞的鹤，画心两端随意画些树木，远景以淡墨染就远山，呈一派水天空阔之象。相较武元直、李嵩（图4.22至4.23，美国纳尔逊-阿特金斯博物馆藏）笔下“赤壁”的断岸千尺、水浪汹涌，马和之潇洒飘逸的笔法更添缥缈恍惚的迷离之感，将东坡赋文中梦兮实兮的诗意灵动体现得淋漓尽致。

卷后附有宋高宗晚年草书《后赤壁赋》全文及无款篆书《后赤壁赋》一篇。马和之绘《后赤壁赋图》，笔法流畅潇洒，设色清丽古雅，宋高宗书《后赤壁赋》文，稳健自如，君臣合璧，书画俱佳，除极具审美价值之外，还有着深刻的政治寓意与社会意义。学者

图 4.23　李嵩《赤壁图》

余辉考证赵构亲笔书写苏轼的《后赤壁赋》不仅是一般意义上的诗文抄录，而且“是以艺术的手段给苏轼等旧党平反昭雪，肯定了他在文学艺术方面的功业，这是一种特殊的、也是最好的平反形式”。[1]

画中山高月小，画外水落石出……

[1] 余辉：《一次为苏轼平反的宫廷书画合作——在马和之画、宋高宗题〈后赤壁赋图〉卷的背后》一文，《紫禁城》2005 年 S1 期，第 59 页。

托古言今：佚名《折槛图》

自古绘画有“成教化，助人伦”之功用。北宋郭若虚《图画见闻志》卷一《叙自古规鉴》重点强调了绘画的规鉴作用，规范行为、借古鉴今。《折槛图》（图 4.24）就是一件典型的规鉴画作。

《折槛图》题材取自《汉书·朱云传》，表现的是西汉成帝时，槐里令朱云直言正谏，弹劾帝师张禹的故实。汉成帝不忿，要怒杀朱云，朱云被拖下去时紧紧攀住宫苑中的栏杆，继续大声疾呼，撕扯之际拉断庭槛。后经左将军辛庆忌求情，成帝免去朱云一死，并下令保留断槛以旌直臣。《汉书》中着墨于朱云与成帝之间的对话，而画家则重点抓住朱云被彪形武将拖走的瞬间，通过各个人物的动作、神情来展示他们的性格及故事发展的走向。朱云虽被两位魁梧武将所缚，却依旧在挣脱，向成帝谏言，其双眉紧锁，正气凛然；辛庆忌极其恭谨的弯腰，显示出其劝说的真诚；成帝坐于圈椅上，动作看似轻松，可面部表情传递出其愤怒又复杂的心情；张禹躲在成帝身后，轻微的歪头动作则衬托出其阴险狡诈的灵魂。画家将这三组人物以倒三角形的构图布置，更添剑拔弩张的气氛，仿佛是舞台上高潮的一幕。画面中御花园的花木、湖石、雕栏玉砌及天空中的流云刻画精细，画面虽然表现的是西汉的故事，但是从雕栏玉砌的形制到成帝所坐的圈椅、嫔妃们的服饰装扮等，无一不是宋朝景象。

图 4.24　佚名《折槛图》
年代：南宋
质地：绢本设色
尺寸：纵 173.9 厘米，横 101.8 厘米
藏地：台北故宫博物院

图 4.25 《折槛图》局部

图 4.26 《折槛图》局部

宋代政治环境复杂，统治者重文抑武，外患压力甚重，因此，宋代的政治性绘画以表现褒忠贬奸、民族矛盾的题材为多，出现了众多以史为鉴的历史故实画作。与《折槛图》画面风格近似的佚名《却坐图》（台北故宫博物院藏）表现了西汉袁昂谏阻汉文帝让宠妃慎夫人越礼坐于皇后位置的故事。李唐的《采薇图》（故宫博物院藏）表现伯夷、叔齐兄弟二人为商守节，不食周粟，避居首阳山采薇（野菜）而食的故事，画家借此表达对民族气节的歌颂，讽刺投靠金人而失去气节者。[1]

诚如《宣和画谱》所说："是则画之作也，善足以观时，恶足以戒其后，岂徒为是五色之章，以取玩于世也哉？"宋朝画院的画家所绘的历史故事画借古喻今，表达了君明臣贤、振兴国家的理想。

[1] 对于此画，黄小峰近年来有新的解读，他认为此作与南宋初年宋金对峙无直接关联，而是与南宋初年官僚群体隐居观念相关，甚至可能是一幅为退休官僚祝寿的绘画。详细解读见黄小峰《药草、高士与仙境：李唐〈采薇图〉新解》，《文艺研究》2012 年第 10 期，第 141—150 页。

儿童的游戏：（传）苏汉臣《秋庭婴戏图》

宋代儿童穿什么，戴什么，玩什么玩具？传苏汉臣《秋庭婴戏图》（图 4.27）将答案直观地展示给了我们。苏汉臣是活动于 12 世纪的开封人，宣和年间担任画院待诏，宋室南渡后，再入绍兴画院，擅长画婴童题材，用笔工整细劲，着色鲜润，表现婴孩嬉戏之景，情态生动。《秋庭婴戏图》与文献记载苏汉臣画风一致，故此画归于其名下。

《秋庭婴戏图》绘庭院内湖石突兀直立，繁茂鲜润的木芙蓉与清丽幽香的菊花数丛围石而生，点明了此时正处于秋季；湖石所呈现出的坚硬质地衬托出木芙蓉、菊花清新脱俗的自然美及画面另一侧两个婴童的稚嫩可爱。画面中大到庭园的精心布置，小到庭院中坐凳精工富丽的设计（似以黑漆为底色，上嵌螺钿组成缠枝花纹）及儿童的服饰穿戴（女童戴珠翠发饰，男童左手戴金手镯），无不透露出画家所绘并非一般人家，即便不是皇亲贵族，也是朝中大臣之家。

画中姐弟二人目不转睛地盯着圆凳上的玩具——推枣磨，这是古代秋季的节令玩具，河南博物院藏北宋三彩听琴图枕上亦绘有儿童玩此游戏的场景。“推枣磨”是以三枚枣子和竹签组合的平衡游戏，竹签两头各安一颗枣，中间的枣子削掉上部，露出枣核支撑竹签，游戏开始时推动竹签开始旋转，以枣磨旋转的时间长短来论输赢。画家“抓拍”的正是枣磨旋转即将停下的刹那，画家将姐姐之惊、弟弟之喜的表情与心境刻画得生动

图 4.27 （传）苏汉臣《秋庭婴戏图》
年代：南宋
材质：绢本设色
尺寸：纵 197.5 厘米，横 108.7 厘米
藏地：台北故宫博物院

图 4.28　（传）苏汉臣《冬日婴戏图》

图 4.29 定窑婴儿白瓷枕

入微。另一个圆凳上的漆红佛、陀螺与扔置地上的铙钹等玩具不知是被主人玩腻而弃，还是主人一会儿还要再拿去玩耍。总之，画面的和谐静好被画家细腻地记录了下来，几百年后的乾隆皇帝在秋季再见此图，有感而发，“庭院秋声落枣红，拾来旋转戏儿童。丹青讵止传神诩，寓意原存相让风”。

《秋庭婴戏图》的绘画风格、人物造型、场景设置等皆与《冬日婴戏图》（图 4.28，台北故宫博物院藏）相仿。这两件挂轴应出自同一位画家之手，原本属于一组四季婴戏图，随着时间流逝，目前所见仅存两幅。值得注意的是，这两件作品尺寸巨大，约有 2 米高、1 米宽，与前边提到的原本作为屏风的范宽《溪山行旅图》及郭熙《早春图》尺幅接近，那么，《秋庭婴戏图》与《冬日婴戏图》最初的形制也极有可能是一组四季屏风中的秋季与冬季屏心。

宋代类似于《秋庭婴戏图》《冬日婴戏图》这样表现儿童在庭院中玩耍的作品还有许多，如《蕉阴击球图》（故宫博物院藏）、《百子图》（美国克利夫兰艺术博物馆藏）、定窑婴儿白瓷枕（图 4.29，台北故宫博物院藏）等。这些富有浓郁生活气息的作品以轻松愉悦的基调向后人展示了宋代儿童生活的方方面面，并通过这些“婴戏”折射出宋人对多子多福等美好生活的憧憬。

界画里的节令风俗：李嵩《月夜看潮图》

生活于宋元之交的周密依凭目睹亲历及故人杂记笔耕不辍地著述了《武林旧事》《齐东野语》《癸辛杂识》《志雅堂杂钞》等多部笔记，对人们深入了解宋人生活大有裨益。其中《武林旧事》追忆了南宋都城临安宫廷内外的风俗时物："浙江之潮，天下之伟观也，自既望以至十八日为最盛。方其远出海门，仅如银线，既而渐近，则玉城雪岭，际天而来，大声如雷霆，震撼激射，吞天沃日，势极雄豪。杨诚斋诗云'海涌银为郭，江横玉系腰'者是也……禁中例观潮于天开图画，高台下瞰，如在指掌。"[1]

周密笔下记录的钱塘江观潮盛景与《月夜看潮图》（图 4.30）中所绘如出一辙。是图呈对角线式构图，左上绘浪潮翻滚，一只舟船漂泊其上，风帆鼓动可见风浪势头之大；画面右下处绘重檐歇山顶的楼阁与曲折的回廊，建筑繁缛华美，格子门、博风板、悬鱼、斗拱、脊兽这些建筑构件俱被细致描摹，湖石、棕榈树装饰庭院，阁楼中的绣墩、屏风皆可见，观潮的人儿本点粉而成，然年代久远，现已脱落。楼阁临江，占据画面一角，另一大半画江潮，虚实结合，动静相宜，相映成趣。

远山一痕，以花青染就，月亮金黄而正圆，悬于天水之间，为此画增添些许诗意。

[1] 孟元老等著：《东京梦华录·梦粱录·都城纪胜·西湖老人繁胜录·武林旧事》，中国商业出版社，1985 年，第 49—50 页。

图 4.30　李嵩《月夜看潮图》
年代：南宋
材质：绢本设色
尺寸：纵 22.3 厘米，横 22 厘米
藏地：台北故宫博物院

图 4.31 李嵩《月夜看潮图》局部

画中，宋宁宗的皇后杨妹子于明月下题诗“寄语重门休上钥，夜潮留向月中看”，另钤坤卦印。钱塘江大潮因其波澜壮阔，历来博得文人骚客们抒发观潮之感，豪放派的东坡更是连写五绝，杨皇后所题即出自苏东坡《八月十五日看潮》第一首。

画面左下水波纹上作者落款“臣李嵩”。李嵩（1166—1243）是浙江钱塘人（今浙江杭州），年少时为木工，后为宣和画院待诏李从训收养为义子，便随其学画，后来也供职于画院，任光、宁、理三朝之画院待诏，被人尊称为“三朝老画师”。李嵩不仅擅绘人物、花卉，更精于台阁界画，敷彩精妙，为典型的南宋宫廷院画品位。除本图外，李嵩还绘有一件长卷《钱塘观潮图》（故宫博物院藏），可见此画题在当时的流行之貌。

李嵩传世之作除了表现钱塘江观潮的两件佳作之外，还有《货郎图》《花篮图》以及一件《骷髅幻戏图》，均以扇面形制出现。这些画作看似主题内容不同，但其实都是供南宋宫廷节令装饰所用，用于元宵佳节的《货郎图》、用于端午时节的《花篮图》与《骷髅幻戏图》[2]，显然为每年八月十八日所备的是《月夜看潮图》《钱塘江观潮图》……

[2] 参见黄小峰：《乐事还同万众心——〈货郎图〉解读》，《故宫博物院院刊》2007 年第 2 期，第 103—117 页；黄小峰：《繁花、婴戏与骷髅：寻觅宋画中的端午扇》，《中国书画》2018 年第 5 期，第 8—21 页。

第五章

信仰的国度

北宋的统治者继承了唐代儒释道并用和对道教的崇奉、扶持政策，以开国君主宋太祖和太宗两兄弟为先导，至真宗赵恒时，宋朝的崇道政策被推向第一个高潮，徽宗赵佶统治期间迎来第二个高潮。帝王利用道教来神化赵宋王朝的统治，具体通过兴修宫观、塑造圣像、为神灵加封赐号、制定道教节日、举行祈禳道场、编造“天神下降”的神话等举措来开展。南宋统治者对道教的态度与北宋皇帝一致，但鉴于徽宗崇道亡国的教训，南宋朝廷再未出现过像北宋真宗、徽宗利用道教神化皇权、崇道抑佛的极端行为。

宋代也是儒释道三教合流的重要时期，比如：南宋金丹派南宗将理学的正心诚意、佛教禅宗的明心见性纳入道教的修炼方法和理论中，调和三教并向禅宗靠拢；北方的全真教亦将三教合一，王重阳称：“太上为祖，释迦为宗，夫子为科牌。”

从艺术创作的角度来看，寺庙宫观壁画的绘制、圣像的雕刻塑造、经书扉画的插图等汇聚为宋代人物画的重要组成部分。对洞天福地自然山水的描绘体现出宋代山水画风格的一个趋向。宋代，宗教美术中世俗化成分日益加强，也是我们观摩宋人物质文化生活与宗教信仰的一个窗口。

只是年代相去久远，诸多壁画、塑像今已不存，我们只能从宋代文人的笔记小说与画史著录中想象当时宗教活动之盛，从留存不多的宋代建筑与图像中了解当时的艺术风格，从零星的器物中感受时人崇佛礼敬之心，从宁波流向日本的佛画见证中日佛教禅宗文化艺术的交流……

天花仍在净名衣：鎏金莲花宝子银香炉

南宋程大昌（1123—1195）《演繁露》卷七《行香》条载："行香……即释教之谓行道烧香也。行道者，主斋之人亲自周行道场之中；烧香者爇之于炉也。东魏静帝尝设法会，乘辇行香。高欢执香炉步从，鞠躬屏气。"程大昌笔下行香之炉与文人士大夫们燕居之时所用的香炉不同，它通常为长柄之制，为礼佛或做法事时所使用的特殊器具。

按照炉柄形制，行香炉大致可分为鹊尾炉、镇柄炉、如意柄香炉、莲花宝子柄香炉。鹊尾香炉因柄长，形如鹊尾而得名。南朝齐王琰《冥祥记》："（费崇先）每听经，常以鹊尾香炉置膝前。"南北朝时期的佛教石刻造像及莫高窟唐代壁画中礼佛供养之人多持鹊尾香炉。镇柄炉、如意柄香炉、莲花宝子柄香炉都更像是在鹊尾香炉基础上的变体，区别在于柄身的装饰。

目前所见实物中最独具匠心的行香炉要属南京大报恩寺遗址出土的北宋大中祥符四年（1011）长干寺真身塔地宫的鎏金莲花宝子银香炉（图 5.1）。

这件香炉通体鎏金，整体造型为横置的一枝莲，叶脉清晰可见的荷叶下覆为炉座；饱满的莲花为炉形容器，莲瓣錾刻而成，炉中放置香料，袅袅生烟；炉下擎出一茎，上承一尊坐佛，结跏趺坐于莲座之上，身后一屏莲瓣式背光；又有含苞待放的花蕾两枝，小莲蓬一枝。数枝结为一束，成为香炉的长柄，柄身满饰花叶纹，柄末端又附大莲蓬一枚，

图 5.1　鎏金莲花宝子银香炉
年代：北宋
材质：银器
尺寸：通高 15.5cm，通长 35.2cm
藏地：南京市博物总馆

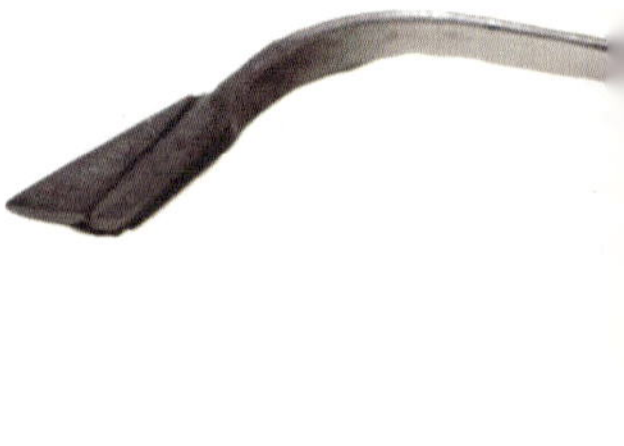

图 5.2　莲花形鹊尾银香炉

图 5.3　赵光辅《番王礼佛图》局部

由下覆的小荷叶依托。这两个以器盖和器身合成的莲蓬，在此处又称作“宝子”或“香宝子”，不仅起到装饰之用，更是具备实用功能，内中放置香料（应是圆形的香丸）以焚香。

内蒙古自治区文物考古研究所藏有一件赤峰宁城头道营子乡埋王沟辽墓出土的莲花形鹊尾银香炉（图 5.2，通长 36.5 厘米），与此件样式近似，却不如此件精致。

古代石刻碑像、壁画、卷轴画中亦留存有不少“行香”的图像资料，如：莫高窟壁画及藏经洞绢帛画中就有多处刻画菩萨、供养人执手炉拈香礼佛的场景；赵光辅《番王礼佛图卷》（图 5.3，美国克利夫兰艺术博物馆藏）中番王朝拜佛像时所持香炉亦为莲花形行香炉。

我们将匠心独运的文物、丰富的文化遗迹与文人墨客的记载结合起来后，宋人礼佛的场景仿佛在眼前鲜活起来。

佛法无边：开化寺大雄宝殿壁画

相较于卷轴绘画通常有年代、作者真伪鉴定的难题，寺观壁画、墓葬壁画这些附属于建筑的视觉图像即便无确切的作者署名，但年代相对可靠，因而往往成为人们了解这一时代具体可参考的重要史料。

位于山西晋城高平市东北舍利山腰的开化寺创建于北齐武平二年(571)，初名清凉寺，宋时改名为开化寺（也叫开化禅寺）。虽然该寺在金、元、明、清时均有修葺，此寺却保存有我国面积最大的宋代寺院壁画。开化寺的大雄宝殿集宋代建筑、彩绘、壁画于一身，根据殿柱铭文记载，该殿始建于熙宁六年(1073)，元祐七年土木工程竣工，绍圣三年(1096)殿内壁画完工。大雄宝殿四壁与拱眼壁内侧共有 88.68 平方米壁画存世。

开化寺大雄宝殿壁画主要依据《华严经》和《大方便佛报恩经》而绘，既包含着弘扬佛教教义的目的，也宣传了中国传统儒学中的“孝悌”“报恩”的伦理观念，这正是佛教本土化的表现。西壁壁画分三组。它们均为中间绘《说法图》（图 5.4），两侧绘经文故事，如《须阇提太子本生》《善事太子本生》等。各组皆有榜题，但多未写上文字说明，似未最后完成。每组之间无明显间隔，主要依靠云气与周围的故事图相隔，采用叙事式布局。

画面中的服饰、冠带、器皿、兵器、刑具等形象地反映了北宋的社会风貌，亭台楼

图 5.4　开化寺大雄宝殿壁画（西壁中部《说法图》）
年代：北宋
材质：壁上彩绘
寺址：山西晋城高平市东北舍利山腰

图 5.5 西壁《善友太子观织图》

阁等各色建筑皆与《营造法式》的记载相应。西壁中部《善事太子本生》描绘了善事太子及随行官吏观看民间田耕、捕鱼、织布、酒肆屠肉等场面，都是北宋市井生活的折射，《善友太子观织图》（图 5.5）再现了北宋时妇女织布的场景。图中正在织布的妇人坐于条凳上，面朝织机，背朝观者，一边飞速地手传梭子，一边熟练地脚踩踏板。墙壁上安插一块木板，上置灯盏，交代了此时正值暗夜时分。上身袒露暗示了妇女织布之热火朝天，白天顶着日头种地，夜间挑灯纺织。画家构思严谨，生活气息浓郁，仿佛用照相机定格下的北宋市井一角。

大雄宝殿内后檐明间西平柱上有墨书题字两行：“丙子六月十五日粉此西壁，画匠郭发记并照壁。”后檐明间西平柱内侧东隅还有墨书一则：“丙子十月冬十五下手搞谷（孤）立观音，至十一月初六日描讫，来春上彩，画匠郭发记。”由此可知，西壁由当时的民间画工郭发为首绘制完成。整面西壁以石青、石绿、朱砂、赭石、铅粉为主，色调清雅和谐。殿内壁画上菩萨、后妃的花冠、飘带以及宫殿脊兽等精致部分，皆“沥粉贴金”——古建彩画工艺之一，即将胶和土粉混合成的膏状物置于尖端有孔的管子，按彩画图案描出隆起的花纹，上面涂胶后贴以金箔，以求图案有立体感以及瑰丽富贵之气息。

高平开化寺大雄宝殿所绘壁画不仅有确切的年代，作者可考，而且壁画内容丰富，构图严谨，笔法精湛。画家以生动的笔触将北宋宫廷生活、市井生活巧妙地融于佛经故事中，为后世了解北宋宫廷生活、民俗生活、宗教信仰、物质文化、绘画技法等提供了直观的视觉材料，因此有“壁画界的《清明上河图》”之称。

百尺清潭写翠娥：晋祠圣母殿

中国传统历史文化中有一则“桐叶封弟”的故事：幼年即位的西周成王和弟弟虞嬉戏时，成王把一片桐树叶剪成圭状送给虞，说将来我要用这个分封你，日后，成王果然兑现承诺。虞的封地在今山西翼城，后来其中一支宗族迁至晋阳（今山西太原），在晋水发源处修建祠宇，称唐叔虞祠。2000多年后，此则故事依然在传颂，宣扬兄弟情谊与一诺千金的美德。唐叔虞祠也依旧被后人凭吊，虞的儿子燮因境内有晋水，改国号为“晋”，此祠后改名为晋祠。如今的晋祠是以圣母殿（图5.6）为主体结合园林的祠庙建筑群，是儒、释、道合祠的公共场所。

圣母殿是全祠的主殿，殿内供奉着周成王和唐叔虞的母亲——邑姜。大殿创建于北宋太平兴国九年（984）。我们今日所见大殿重建于北宋天圣年间，面阔7间，进深6间，重檐歇山顶，四周施围廊。作为北宋建筑的代表作，圣母殿的营建技艺与李诫《营造法式》中所载相合，是研究我国古代建筑艺术和建筑发展的重要实物资料。

大殿采用了《营造法式》的“柱升起”与“柱侧角”。“柱升起”是指大殿的8根柱子由中间向两侧依次升高，每根柱子递增6厘米，共18厘米，这样使得檐角飞翘，弧度优美轻巧。“柱侧角”是指大殿周围的26根柱子全部都是在微微向里倾斜，形成侧角，利用了力学中三角形的稳定性，使大殿更加坚固，具有抗震性。即便圣母殿千年间经历

图 5.6　晋祠圣母殿
年代：北宋
地点：山西太原城西南悬瓮山下

图 5.7　晋祠圣母殿中圣母像及其侍女

了 4 次 6 级以上的大地震，也没有大的损坏。

圣母殿前廊中的 8 根下檐柱上有木制雕龙缠绕，即《营造法式》所载的“缠龙柱”，怒目利爪、鳞甲须髯细致雕琢，栩栩如生，几欲腾飞，仙气盎然。殿内邑姜依屏而坐，座下侍从两侧站立（图 5.7），40 余尊宋代宫中仕女模样的塑像生动自然，宛若被施法定格一般，这些珍贵的文物遗存为了解北宋女子服饰、冠发装扮及宋代雕塑水平提供了一手资料。

除了圣母殿，晋祠中的“鱼沼飞梁”亦是北宋时期遗物，也是现存最早的十字形桥梁。其形制奇特、造型优美，对研究我国古代桥梁建筑颇有价值。古人以“圆形为池，方形为沼”。晋祠中的水沼为晋水第二大源头，水沼流量大，游鱼多，取名“鱼沼”。沼内立 34 根小八角形石柱，柱顶架斗拱和枕梁，桥面东西向平坦，南北下斜如翼，俯视观之，犹如大鹏展翅欲飞，故称飞梁。在用材上，中国古代桥梁多用木或石搭建，而此桥则兼具二者，

图 5.8　圣母殿与飞沼鱼梁的模型

图 5.9　金人台的铁人像

发挥各自性能：桥梁下方柱子用石，具有耐腐蚀性，上方的木质结构发挥木头的柔韧性与可塑性，上边再铺一层青石板，取石材耐火、耐磨属性。

晋祠中有一处金人台，台四隅各立一尊高约 2 米的铁人（图 5.9），因铁属五行之金，故名。晋祠为晋水发源之区，镇以金神，以防水患。四尊铁铸武士像除东北角一尊为 1913 年补造，其余皆为北宋绍圣四年（1097）原物；因铸铁里含有镉、镍，虽久经风雨，却不曾生锈，至今依旧保存完好，金神威风凛凛，充满力量美，让人不得不感慨宋代冶铸技术水平之高！

北宋时常有士大夫们来晋祠游访凭吊，留下有感而发的诗文佳作，如欧阳修《秋游晋祠》、范仲淹《题晋祠》、韩琦《离并州至晋祠次韵答宣徽富公》、司马光《送裴中舍赴太原幕府》等。

关于晋祠的故事还在继续……

百善之先：李公麟《孝经图》

汉朝申明“以孝治天下”，实行“举孝廉”，因此出现了描绘孝子内容的石刻、壁画等图像。宋代亦十分重视孝道，将孝作为“百善之先”继续加以提倡，《孝经》在宋代被列为儒家的十三部经典之一，由此，诸多图解《孝经》内容、宣扬孝道思想的画作应运而生了，如北宋李公麟《孝经图》（图 5.10）、南宋马和之《孝经图》（图 5.11，十九开选一，台北故宫博物院藏）、《女孝经图》（台北故宫博物院藏）与南宋佚名绘《女孝经图》（故宫博物院藏）等，它们在一定程度上能起到“成教化、助人伦”之功用。

李公麟，字伯时，号龙眠居士，安徽舒城人，神宗熙宁三年（1070）中进士第。虽然他一生“沉于下僚，不能闻达”，但是在艺术创作与鉴藏上取得了极高的成就。他的文章、书法、绘画颇具魏晋风骨，其还精于鉴藏钟鼎古器。在绘画艺术上，道释、人物、山水、鞍马等题材皆擅长，能集众家之长，自成一家，他最大的成就是将壁画技法中的“白画”向前推进，脱离画工雄强风格的传统，将其发展为淡墨轻毫、精微超逸的白描画，让线条从色彩中脱离出来，成为独立的审美对象，强调线条的韵律感和书写特质，使其成为中国绘画艺术发展史中极其重要的一环。李公麟作画以立意为先，以布置缘饰为次，他自称“吾为画，如骚人赋诗，吟咏情性而已”。英雄所见略同，李公麟与苏轼、米芾、黄庭坚这些同时代的士大夫们对艺术创作的观点相契，共同完成

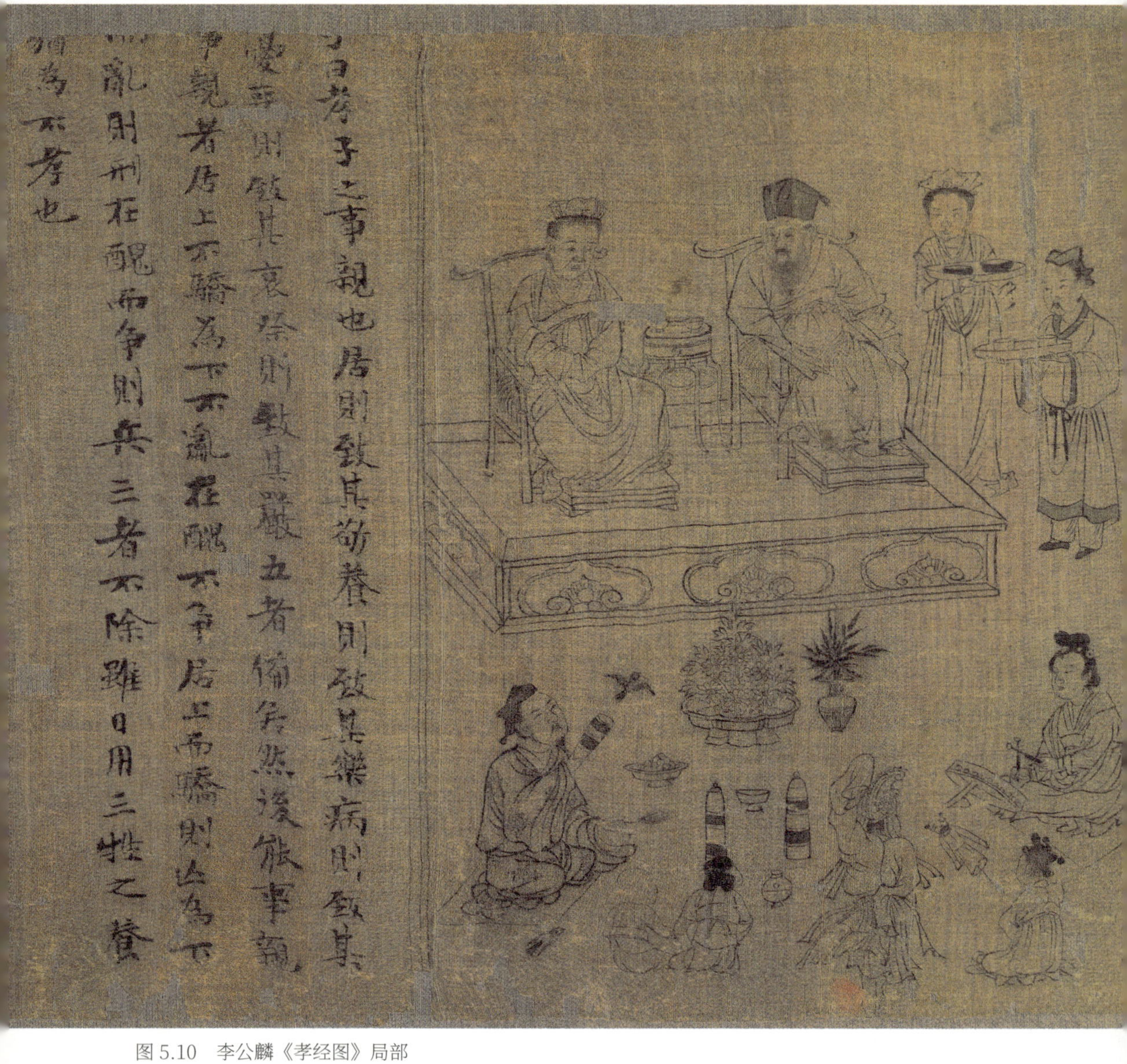

图 5.10　李公麟《孝经图》局部
年代：北宋
材质：绢本墨笔
尺寸：纵 21.9 厘米，横 475.5 厘米
藏地：美国大都会艺术博物馆

图 5.11 马和之《孝经图》（十九选一）局部

了文人画早期的理论基础与实践操作。东坡称李公麟“其神与万物交，智与百工通”。

据说李公麟作画有一个习惯，临摹古画喜用绢本，个人创作则用纸本，尤喜澄心堂纸，其流传下来的画作也的确如此，《临韦偃牧放图》（故宫博物院藏）及此本《孝经图》皆绘于绢上，而赠予好友黄庭坚的《五马图》则付诸纸上。

李公麟在世时的名气就甚高，斗转星移间声名日增，后世许多白描作品都托名于他。其中，李公麟存世可靠度最高的画作是《孝经图》，全卷共计十五幅组画，采取“左图右史”的传统布局，右边书《孝经》的内容，左边用图像来诠释，以图文相配的方式来评述这一儒家经典与宋代社会的关联。譬如，图中所示为《孝经》“纪孝行章第十”的部分内容：“孝子之事亲也，居则致其敬，养则致其乐，五者备矣，然后能是亲。”李公麟用子孙娱亲的场景来解读此段文字，父母高堂并坐，孩子们有侍茶在侧者，有变戏法、舞之、歌之取悦老夫妇者，还有孙辈后代一起欣赏者，尽享天伦之乐。

《孝经图》中的书法结体宽扁，有魏晋风韵，图绘纯用墨色，通过线条粗细的转变及墨色浓淡干湿的变化来完成。整幅作品简淡内敛，但能分别状貌，灵动自然，富有神采，显示出细腻微妙、俊逸潇洒的格调。

三教合流：佚名《松荫谈道图》

古代的统治者为了维持政治稳定、人民安居乐业，在不同的环境下，对不同的宗教采取不同的政策和手段。面对北宋时道教未能保国的现实，主张三教合流成为南宋思想界的重要趋向。宋孝宗赵昚以皇帝之尊著《原道论》，提出“以佛修心，以道养生，以儒治世”，形成了三教合一的思想潮流。它反映在艺术创作中，自然就催生出一批以“儒、释、道”三教合流为主题的艺术作品，如《松荫谈道图》（图5.12）、《虎溪三笑图》（台北故宫博物院藏）、《三教会棋图》等。

《松荫谈道图》绘儒士、僧人、道士三位坐于松荫苍郁、清泉奔涌、烟雾缭绕的环境中促膝长谈的情景。左手持书卷者上衣下裳，宽袍大袖，头戴幅巾，右指伸出，似在表明观点，此人为儒士。中间身穿缁衣（即浅黑色僧服）、外披袈裟者显然是僧人，他面相宽厚，正凝神静听。与儒生对坐者，头梳丫髻，为一仙道，道人赤足，脚边放一药篮，坐于虎皮之上，身披叶裳，形象高古。据日本学者长松纯子考证，道人所披叶子为葫芦叶，又名“不老叶”，象征长生不老。山西应县木塔佛宫寺塔出土的《采药图》、故宫博物院藏《莲舟仙渡图》(图5.13)、耀州窑青瓷药王像等同时期的作品中皆可见到相似形象。《松荫谈道图》中道人身后放置游历时所背的竹箧，上置蓝色伞盖，伞盖丝绦上悬系着各种动物骷髅。宋王衮《博济方》、明李时珍《本草纲目》等医书记载，古代哺乳动物如三

图 5.12　佚名《松荫谈道图》
年代：南宋
材质：绢本设色
尺寸：纵 25.3 厘米，横 25.6 厘米
藏地：故宫博物院

趾马、犀类、鹿类、牛类、象类、羚羊类等的骨骼化石，习称“龙骨”，属中医药材，其具有镇惊潜阳作用，可用于治疗怔忡多梦、惊痫、头目眩晕等症状。李嵩的《货郎图》中亦有各色龙骨的描摹。

根据裱边题签“刘松年松荫谈道”，此作一段时间内被认为出自南宋四家之一的刘松年笔下。书画鉴定家张珩、徐邦达认为此图用笔较之刘氏略弱，当非出自刘松年之笔，故改题无名氏作。此图虽非出自名家，但描绘雅致，不仅反映出宋代儒、释、道的服饰特点，更昭示了南宋儒释道三教合流的现实，审美价值、历史价值并具，当之无愧是南宋人物故事画的精品之作。

图 5.13　佚名《莲舟仙渡图》

草草如减笔：梁楷《六祖斫竹图》

禅宗在宋代十分流行，士人相聚，皆谈禅学。禅宗主张顿悟法门，让人们在日常事务中感悟生命的真谛。禅宗的开创者唐代高僧慧能（亦称六祖）在成为高僧之前是俗世的樵夫。《六祖斫竹图》（图 5.14）描绘的就是其“破竹悟道”的情境。

画面中六祖左手竖握竹竿，右手持刀砍斫，左脚前踩抓地，右腿蹲踞带动右臂以更好地发力。画家以寥寥数笔就塑造出六祖专注砍竹的状态，更妙的是对于环境的交代。画面背景只以几笔粗率的淡墨擦染，再以一笔浓墨点醒而就，笔墨简洁，却以少胜多。树木与坡面连接处浓墨落款“梁楷”二字，呈连笔挤压状，这个极具标识性的签名在其他作品中也都可见。相比北宋画家绞尽脑汁地将名款藏于树叶间、岩壁上，梁楷的签名更凸显出画家的主体意识，也更有设计意味，稍不留意，我们会以为这两个字所在处是一片落叶飘下。

梁楷，生卒年不详，根据画史记载，其祖籍山东，居住于杭州，为宋宁宗嘉泰年间（1201—1204）的画院待诏。周密《武林旧事》所记“御前画院”中已无他的名字，可能他在 13 世纪初便去世了。梁楷师从画院祇候贾师古，贾氏作画“得其闲逸自在之状”，这一特色被梁楷继承并发扬，我们从《六祖斫竹图》、《六祖撕经图》（图 5.15，日本三井纪念美术馆藏）、《泼墨仙人图》（台北故宫博物院藏）等传世作品中皆可见此意趣。或许这也与梁楷豪放不羁、不拘礼法的性格相关。据说，梁楷颇爱饮酒，人称“梁风（疯）

图 5.14　梁楷《六祖斫竹图》
年代：南宋
材质：纸本墨笔
尺寸：纵 73 厘米，横 31.8 厘米
藏地：日本东京国立博物馆

图 5.15　梁楷《六祖撕经图》

子”。皇帝曾赏赐金带给他，梁楷不但不接受，还将金带挂于院中。这种不慕权贵的行为被当时的君子们誉为“有高人之风”。

梁楷精于山水、花鸟、人物各画种，尤以道释人物著称，文献记载其绘有《寒山》《拾得》《钟馗》等。根据传世作品来看，梁楷人物画风格多样：一种如《八高僧故事图》（上海博物馆藏）与《释迦出山图》（日本东京国立博物馆藏），用笔与造型较为严谨；另一种就如《六祖斫竹图》这般，简笔草草，受到士大夫绘画与禅宗思想的影响，追求水墨的表现力，这种简练的水墨画风格是梁楷在画史中占有一席之地的重要基石。此种简笔草草的风格不仅是当时禅僧绘画的主要特色，稍晚的玉涧、牧溪以及一衣带水的日本禅僧画家亦效仿之，算得上是文化输出中的一抹重彩。

地狱风貌：金处士《十王图轴·五殿阎罗王》

宋代人相信人死之后，魂入地狱，接受来自地狱十王对其生前善恶因果的公正审判，从而进入六道轮回中重生。据说，亡灵会依次经过秦广王、楚（初）江王、宋帝王、仵官王、阎罗王、卞成王、泰山王、都市王、平等王、转轮王各殿。

“十王图”在五代、北宋时常作为《十王经》的插图出现。南宋时期的《十王图像》大多是每幅一王，十幅为一套：十王通常坐于桌案后、山水插屏前；头戴长脚幞头、着圆领长袍的判官立于大王一侧，持文书辅助其审判；前景处阴森可怖的鬼吏阿傍执行判决后的罪罚，刀山、车碾、锯解等很重的惩处令观者不寒而栗。地狱酷刑之恐怖，震慑着每一位观者，敦促他们遵行善举。

在图像表现上，只有第五殿阎罗王处的“业镜”及第十殿转轮王处的“六道轮回”是明显且稳定的标配，其他几殿的审判刑罚场景并没有较为统一的模式。《十王图轴·五殿阎罗王》（图 5.16）反映的就是第五殿阎罗王审判亡灵的场景，整幅画面分上、中、下三部分。画面上部描绘阎罗王身着黑袍，戴方心曲领，正在听判官为其汇报亡者罪行，我们从其右手捶案、左手布指上举、怒目圆睁的神态可见其气愤万分。原来所审之人生前在船上行杀人越货之行径，罪孽滔天，这些恶形在业镜中毕现，无须辩解。其下举双刀的阿傍及一条白色大蛇正在追捕此人。画面中桌案、屏风、栏杆、花木的配置在原来佛画传统中并未有之，显然是借鉴俗世中官署机构、庭园的设计并在宗教画作中加以映射。

图 5.16　金处士《十王图轴·五殿阎罗王》
年代：南宋
材质：绢本设色
尺寸：纵 111.8 厘米，横 47.6 厘米
藏地：美国大都会艺术博物馆

图 5.17　金处士《十王图轴·五殿阎罗王》局部

此套《十王图轴》，现存 9 幅，其中美国大都会艺术博物馆藏 5 幅，波上顿美术博物馆藏 4 幅。每幅都有朱砂色署款“大宋明州车桥西金处士家画”。明州是宁波的古称，1195 年改称庆元府，结合画面风格判断这些画作大约完成于 1195 年之前的宋孝宗或光宗时期。同时期同地区还有出自“车桥西巷陆信忠笔”之作。“金处士”与“陆信忠”都非具体的人名，而是近似于“金家画坊”“陆家画坊”的品牌商号。画坊利用粉本进行批量制作，但也会根据主顾的具体要求，对订件作出相应的调整，无论是绢质地的选用，还是画面场景细节处的改变等。[1] 这些宗教画作经僧人、商人从宁波买来带至日本，不仅影响了日本画家的艺术创作，更影响着当地的宗教信仰。

[1] 更全面细致的研究可参见德国学者雷德侯的相关研究，如《地狱的官府风貌》，收录于雷德侯著《万物：中国艺术中的模件化和规模化生产》，生活·读书·新知三联书店，2012 年。

十方诸佛下天宫：周季常 林庭珪《五百罗汉图·罗汉供》

竹柳掩映的水阁上，僧人手持香炉，引导居士及家人虔诚祝祷跪拜，桌案上鲜花供养，缕缕青烟飞起。水阁不远处，居士家中的仆人们正在精心地准备罗汉供所需的果子、茶等供品。墙上张贴着在山林间冥思禅修的罗汉像。受神圣图像及焚香祝祷的感应，五位罗汉踩着云头纷至沓来，前方三位双手合十，慈眉善目，宛若人间高僧大德，后两位在交谈着些什么。这样生动清晰的场面出自南宋宁波地区民间画师周季常、林庭珪的画作，我们看到的这幅表现“罗汉供”的画轴（图 5.18）是《五百罗汉图》整套中的一件。

这套《五百罗汉图》共计 100 轴，每轴绘 5 位罗汉，每轴各绘一个主题，在远离尘嚣的山水幽林间，既有施饭饿鬼、施财贫者、布雨降雪的善举以及坐定入神、降龙伏虎的修行，又有剃发熨衣、吃茶涤足的世俗场景及水官来访、地神供养的神灵往来。根据画面上的泥金记文，我们可知此套罗汉图是南宋淳熙五年（1178）由明州（今浙江宁波）惠安院的僧人义绍劝募，委托当地画师周季常、林庭珪二人绘制，送惠安院供奉的。该《罗汉图》用笔工谨细致，设色雅丽，受到南宋院画风格的影响。

相较于佛像、菩萨像的庄严崇高与类型化，罗汉形象在艺术表现上相对自由，更加充满世俗自在的气息，有很多现实生活情趣的表达，这也与罗汉本身的职能相称。罗汉是阿罗汉（梵文 Arhat 的音译）的简称，是小乘佛教达到的最高果位，永不受生死轮回

图 5.18 周季常 林庭珪《五百罗汉图 • 罗汉供》
年代：南宋
材质：绢本设色
尺寸：纵 111.5 厘米，横 53.1 厘米
藏地：日本京都大德寺

图 5.19 周季常 林庭珪《五百罗汉图·罗汉供》局部

之苦。从最初释尊留下四大罗汉住世弘法，到唐代的十六罗汉，再到五代时期的十八罗汉、五百罗汉，宋代罗汉信仰日益兴盛。

根据郭若虚《图画见闻志》的记载，五代僧人贯休擅绘罗汉，所绘罗汉相貌奇古，胡僧梵相。据说，供养贯休所绘罗汉画像，在祈雨时请出，十分灵验。因此，贯休风格的罗汉图备受追捧，成为后世临仿的范本。宋代盛行绘（塑）罗汉像。南宋画院画家刘松年笔下的罗汉高鼻深目，浓眉密髯，肌肉线条鲜明，耳戴金环，颇具异域色彩。而周季常、林庭珪所绘罗汉，面庞略扁平，气质内敛深沉，从体貌特征到服饰装扮都与本土僧人无异。

《五百罗汉图·罗汉供》表现的罗汉供是盛行于宋代浙江天台地区的供养五百罗汉的法会。根据《百丈清规》记载："每人管一百位罗汉，每位前一茶、一双箸、一果、一菜、一枝烛……众唱香赞云：'香云缭绕莲花动，十方诸佛下天宫，天台山罗汉，来受人间供……'"此画与其他轴罗汉图一起用于罗汉供、祈雨、超度亡灵、做法会时所用。